CADENAS DEL OLIMPO

Yvan Ferrer Espinoza

MITOS Y VERDADES

Yván Ferrer nació en Lima Perú, el año 1972, realizó sus estudios en el colegio Claretiano, ingresó a la prestigiosa escuela naval del Perú el año, donde cursó cinco años de estudios en esta alma mater, escenario donde se realizarán los hechos ocurridos narrados en la presente obra, graduándose como Alférez de Fragata el año 1996, ha dedicado 28 años de su vida al servicio de su armada, su vocación por la escritura, lo ha hecho cultivar un estilo único que combina la riqueza de la tradición literaria con una voz contemporánea. Su obra, que abarca desde una narrativa rica y versátil, capaz de explorar una gran variedad de temas y emociones hasta ensayos críticos, ha sido reconocida por su profundidad, sensibilidad y la capacidad de conectar con los lectores en un nivel profundo.

A Cristel y Anika, los motores

que me impulsaron a escribir esta obra.

"Debemos estar dispuestos a renunciar a la vida que hemos planeado, para poder disfrutar de la vida que está esperándonos".

JOSEPH CAMPBELL

Prólogo

No me queda claro lo que había hecho, contemplaba el techo blanco despintado de mi habitación y graficaba en él, un resumen de como así llegué a decidir prepararme para ingresar nada menos que a la prestigiosísima Escuela Naval del Perú., creo que este deseo lo tenía desde que estaba en segundo de secundaria y ya quería entrar al famoso colegio militar "Leoncio Prado", pero mi padre pegó el grito al cielo cuando se lo propuse, me dijo que estaba muy chico y que en ese Colegio todos eran unos cholos salvajes, que podían hasta abusar de mí ya que era blanquiñoso y bien parecido, además de flaco y sin talla para poder defenderme, hasta me hizo leer el libro "la ciudad y los perros" de Mario Vargas Llosa y ver la película a ver si desistía de la idea, pero por el contrario quedé más motivado, creo que dentro de mi había ese chico medio avezado, aventurero de carácter fuerte que me inducía a tomar esa decisión, finalmente decidí esperar terminar la secundaria en mi colegio el "Claretiano" y prepararme luego para postular a la Escuela Naval.

No tuve problemas en la parte académica, estudiaba por las tardes y me entrenaba por las mañanas, salía a correr por todo el circuito de playas y también alrededor del parque que estaba en frente de mi casa, en Pando San Miguel, salía con Martín Zevallos un amigo del barrio que había ingresado a la escuela militar de Chorrillos y que me ayudaba a prepararme físicamente, me silbaba todas las mañanas a las 5:30 am, que abuso, me hacía llevar una mochila en la espalda y ponerle algo de piedras y arena para entrenar, si no hubiera sido por él, no me hubiera parecido tan sencillo el examen físico.

Fueron demasiadas pruebas hasta ahora no puedo creer que las haya pasado todas, empecé con el examen médico, luego el físico, luego el psicotécnico, académico, psicológico y finalmente la entrevista personal, cada vez que rendíamos un examen teníamos que esperar dos días o tres para que den los resultados. Nos hacían formar en una explanada para leer en voz alta aquellos que debían colocarse al otro extremo, uno no sabía si aquellos eran los aprobados o los desaprobados, hasta que se acercaba un oficial a esos chicos para decirles: "muchas gracias por su participación" y los acompañaban hasta la puerta de salida. Era triste ver sus rostros, muchos de ellos se iban con lágrimas en los ojos, otros como si nada y a varios reconocí, veía como a muchos de mis compañeros que nos habíamos preparado todo un año se le derrumbaban sus aspiraciones, algunos del colegio, otros de la academia y otros del barrio, solo quedaba consolarlos y decirles que el otro año sería.

Sin embargo no todos estaban dispuestos a esperar un año más para volver a postular, había gente que se presentaba por segunda vez y otra hasta por tercera y decidían entonces probar a la FAP (Fuerza Aérea del Perú) y si no entraban tampoco a la Aviación lo intentarían como tercera y última opción a la EMCH Escuela Militar de

Chorrillos o sea al ejército, donde normalmente los exámenes eran mucho más benevolentes, sencillos, más les interesaba que pertenecieras a algún deporte competitivo como natación vóley, básquet, lucha etc., si eras uno de esos ya te podrías considerar adentro, pero en la naval no era así, aquí si tenías que dar un buen examen y tener un poco de vara para poder entrar, así que muchos que no entraron se fueron a postular a estas otras dos instituciones, sin saber que cada una de estas eran totalmente diferentes y que marcarían para siempre su círculo social y el destino de sus vidas. Otros pocos que aún la edad se los permitía volverían a intentarlo el siguiente año.

Mi examen académico lo había dado fabulosamente bien seguramente estaría entre los primeros pensaba, un día fue el examen de algebra y aritmética, al día siguiente el de trigonometría y geometría y el tercer día el de razonamiento matemático, yo me había codeado entre gente de un muy buen nivel académico en la academia y me había preparado a conciencia todo el año, salvo la vez en la que mi madre tuvo que ir a sacarme con una manguera en la mano del salón de billar de mi barrio y tuve que prometerle que nunca más volvería y así sucedió nunca más volvería a pisar los billares ya que distraería mi objetivo trazado.

Mi último examen fue entonces el de presencia o entrevista personal, estaba seguro de que lo pasaría ya que, normalmente cuando rindes un buen examen académico, ya el último te ayudan un poco, y yo había rendido un buen examen.

Cuando salió del auditorio el postulante que me antecedía pude ver su rostro demacrado, aunque de por sí este no tenía muy buena apariencia, tenía un aspecto provinciano, su cara brillosa ojos pálidos y nariz grasosa, alcancé a preguntarle...

_que tal te fue.? alcancé a decirle.

Me miró y me dijo:

_ya me fregué, dijo destemplado, me preguntaron cuál es la población de Japón y no supe que contestar, continuó.

Pobre cholo dije, ya lo cagaron.

En ese momento salió un oficial llamando mi número de carné y supe que ya era mi turno, esto me había puesto muy nervioso trataba de buscar en mi memoria la población de Japón y no lo tenía ni en sueños.

Cuando entré estaban sentados en la mesa principal, cinco oficiales y en el medio estaba el Director de la Escuela que tenía el grado de Contralmirante y llevaba una placa en el lado derecho de su camisa blanca que decía L. Giampietri era colorado, alto rubio, ojos verdes parecía americano y a su costado derecho otros dos oficiales que tenían el grado de capitanes de navío que no alcancé a ver sus apellidos pero que si sabía que eran el Sub Director y el jefe de Formación Naval, los otros dos eran el encargado de deportes y disciplina respectivamente.

_Siéntese, alcanzó a decirme el director

Hice todo lo que ya había ensayado para sentarme, el desabotonarme el saco del terno con la mano izquierda y procedí a sentarme de manera lenta en la silla que estaba allí y a colocarme en postura recta colocando las palmas de las dos manos en los muslos, pero igual no podía disimular mis nervios mi corazón latía con tanta velocidad que pensé que iba a estallar.

_ Sabe Ud. cuál es el río que pasa por acá por la base naval?... preguntó tranquilo el contralmirante, mirando y evaluando todos mi expediente.

No sabía si era una broma o de verdad me lo estaba preguntando, yo sabía que era el Rímac, pero me daba un poco de temor quizás caer en alguna trampa así que le respondí con tranquilidad:

El Rímac Señor. _

Me miraron y me dijeron: muy bien puede irse...

Me hubiese gustado lucirme un poquito más con alguna pregunta con un grado de dificultad un poco mayor, estaba preparado para eso, me sabía todas las capitales de todos los países de memoria, el nombre de los presidentes de por lo menos veinte países, nombre de los ministros de cada cartera, y bastante cultura general.

Cuando salí me interceptaron dos muchachos que estaban

esperando su turno para entrar y me dijeron, ¡que te preguntaron loco!, y dije porque mierda me dicen loco otra vez, en el colegio loco en la academia loco y aquí no conocía a nadie y ya me decían así.

_cuál era la población de Irak, le respondí, y a uno se le palideció el rostro de frustración y nervios, pero al otro se le vio un semblante medio complacido como quien dice: mejor!, uno menos en el proceso.
_ Te fregaron loquito, dijeron.

A los cinco días de espera nos volvieron a citar a todos los postulantes para darnos el resultado final de ingreso y de la misma manera nos separaron en dos grupos, los que habían ingresado y los que no, pero uno no sabía cuál era cual y la intriga y ansiedad nos carcomía a todos.

¡Pero a mi grupo llegó Julio Grau! uno que ya todos lo conocían por su apellido, era nada menos que el descendiente directo del héroe máximo de la Marina, su padre era biznieto del héroe, este tenía que ingresar de todas maneras, me imagino que si a mí me preguntaron cuál es el rio que pasa por la base naval, a él le habrían preguntado cual es la capital del Perú. Lo recibimos con alegría y hasta lo abrazamos felices recién allí supimos que mi grupo era el de los ingresados y así fue, nos lo hicieron saber al poco rato diciéndonos que nos internaríamos el día sábado 3 de marzo con todas nuestras cosas según la lista que nos entregarían en ese momento, como útiles de aseo personal, cuadernos entre otras cosas, nadie gritó ni exclamó por respeto al otro grupo, solo con bastante sencillez al salir de la explanada nos abrazamos todos, por aquel primer logro obtenido, el cual sería el inicio de una carrera de muy largo aliento, que teníamos que enfrentar, sabíamos que ya nada sería fácil y que el camino se pondría cuesta arriba, solo esperaba que la valla no me quede muy alta y tenga que defraudar a todos, podré lograrlo?

UNO

Ceremonia de ingreso

Era una de esas mañanas de un sábado veraniego que suele manifestarse en la ciudad Lima, la gente caminaba sin polo, sandalias y su bermudas de todos los colores, tratando de refugiarse en alguna sombra que los protegiera del sol, otros con sus gafas oscuras y tabla de correr olas bajo el brazo, tiraban dedo a ver si un alma caritativa que bajaba por la playa los jalara y así ahorrase el pasaje, que estaba a diez minutos, el ansiado día llegó pensaba mientras mis padres me llevaban en su auto, un Volkswagen escarabajo color verde agua del año 84, que cada vez que pasaba la palanca de primera a segunda, tronaba la caja de cambios como si se fuera a reventar, no tenía bocina por lo que él mismo golpeaba la puerta del auto con la mano izquierda para cuando necesitaba que el auto de en frente avanzara y la radio justo se la acababan de robar hacía una semana, por lo que había un súper agujero en la parte delantera que dejaba ver sus cables eléctricos sueltos; me apenaba tener un poco de vergüenza frente a los demás autos que se habían estacionado al exterior de la Escuela, eran camionetas, autos modernos, creo que el único Volkswagen era el de mi papá, sin embargo tuve que disimular que me sentía así para que el pobre viejo no se sintiera mal, su rostro de emoción, de orgullo y felicidad era conmovedor.

Era sabido que el grupo social con el que interactuaría eran chicos de familias acomodadas, hijos de marinos, de generales, almirantes, la mayoría pituquitos de buenos distritos, como san Borja, Miraflores, la Molina, Surco, la Punta, nada que ver con distritos como Comas, San Juan de Lurigancho, Villa María del Triunfo, no había ni uno solo que viviese por esos lugares, en cambio en las otras dos instituciones como la Aviación y el Ejército, el grupo que postula y entra sí son de clase media y media baja, yo era de San Miguel por lo que estaba en el medio de los dos, ni muy bajo ni tampoco un pituco limeñito.

Mientras sacaba mis cosas del auto, pude ver del otro lado a uno que podía reconocer de inmediato ya que tenía un problema en el brazo derecho, no lo podía voltear totalmente y por ende no podía hacer las planchas de manera correcta y me preguntaba cómo es que este ha pasado el examen médico y/o físico cuando son tan exigentes y detallistas en todos los aspectos del proceso de admisión, luego me enteré que su papá era el Sub Director de la Escuela, su mamá lo apachurraba y lo besaba en la boca como si fuera un niño de nueve años y sus hermanas adolescentes que entre lágrimas lo abrazaban también, como si se fuese ir a la Guerra.

Otro que también bajaba de su automóvil, era Jaramillo, él era más canchero, se fue con su enamorada y unas amigas rubias muy guapas, ambas comiendo su chupetín, sentadas en la parte delantera de un Mazda rojo con lunas polarizadas, pero él estaba tranquilo, como si se fuese a ir a unas vacaciones de verano. Todos se despedían de sus familiares y pronto ya estaríamos formados los 160 ingresantes en la explanada principal de la Escuela para dar inicio a la "ceremonia de ingreso" y su posterior internamiento.

Sabía que el primer año seríamos considerados un "Aspirante" a Cadete Naval y que de lograrlo podríamos llegar a alcanzar la tan ansiada *"primera pita* "en nuestras caponas y así hasta tener las *cuatro*, a los que se les llama cadetes de cuarto año, que son como Dioses en la Escuela y que están a portas de graduarse como oficiales con el grado de Alférez de Fragata; en otras palabras ser aspirante a cadete es ser como vulgarmente se les llama "perro", y es el primer año de cinco que se tienen que pasar para poder graduarse como Oficial.

En la ceremonia hubo también padres de familia que pertenecían a otras instituciones militares como el Ejército y la Fap, a éstos se les veía muy felices, decían que el sueño de un padre del ejército es ver a su hijo en la naval.

La ceremonia terminó, nos dieron diez minutos para despedirnos de nuestras familias, aquí es donde se puso medio trágico, veía que la mayoría de las madres comenzaron a llorar desconsoladas, inclusive la mía que me abrazó y me dijo que me quería y me daba mucha fortaleza para continuar con el reto trazado, mi padre igual, fue un abrazo tranquilo no quise ser tan efusivo para no hacerlos sentir tristes así que mi despedida fue así, rápida y con una lágrima contenida en los ojos solo una sonrisa de mi parte diciéndoles: tranquilos no se preocupen por mí, estaré bien, lo voy a lograr.

Nos hicieron formar por última vez en la explanada principal, con la cara levantada paralela al cielo, ya a los padres se les había invitado a retirarse, y a partir de ese momento, escuché gritar con una voz resonante, estruendosa, fuerte, voz militar que hasta ese momento no se había escuchado:

_Levanten la cara perros de mierda!!...vista al cielo y peguen las manos!!...media vuelta...derecha!!!... ¡De frente! ¡¡¡Marchen!!!

Adoctrinamiento

Los nuevos Aspirantes desfilan hacia una nueva vida y a la formación de una identidad y conciencia naval.

Cada uno de los Aspirantes sabe que este día es el comienzo de una profesión en la Institución Castrense de mayor tradición y gloria, la Marina de Guerra del Perú.

...el comienzo de todo

Creo que aquí comenzó todo, empezamos a desfilar a paso marcial sabe Dios a donde, pero pronto lo sabríamos, el que gritaba era un cadete de cuarto año era el más antiguo de todos los cadetes, era denominado como el *"Cadete Comandante"* se llamaba Vílchez Concha, sus ojos eran verdes y su cabeza parecía la de un tetraedro y tenía una voz gruesa muy fuerte, voz de mando a la que todos obedecíamos sin reparo, pero pronto se iban a adherir otras voces más, algo de quince 15 cadetes más, también eran de cuarto año y empezaron a gritarnos en la cara mientras desfilábamos:

levante la cara perro de mierda!!, vista al frente!! saque pecho, hombros atrás!!.

_ A partir de ahora ya no están sus papitos, y van a mostrar exagerado porte militar, la mirada es en todo momento al frente mientras se desfila, la cara levantada paralela al cielo, las manos estiradas y van a responder gritando comprendido cadete o comprendido señor! si se trata de un oficial...

_ Han comprendido!!??

A lo que todos al unísono respondimos ...comprendido cadete!!

_ No escucho!! volvió a gritar esa voz horrorosa.
_Comprendido cadete!! volvimos a gritar.

_ Parece que los perros no saben lo que es gritar, ¡¡van a gritar veinte veces el comprendido hasta que me quede sordo!!, a lo que todos obedecimos gritando esta vez con todas nuestras fuerzas.

El sol de verano de pronto se volvió asesino, ya que nos habían ordenado colocarnos con la cara *"paralela al cielo"*, estirar las manos y pegarlas al muslo mientras estuviéramos en formación, era a partir de ahora la postura correcta para un perro recién ingresado, solamente los cadetes podían tener el privilegio de colocarse en la postura militar normal.

Nos dividieron en secciones, la *Alfa, Bravo, Charlie* y *Delta* correspondientes a las letras A, B, C y D respectivamente, a cada sección le correspondía tres cadetes doctrinadores, yo estaba en la Charlie, la cual contaba con 27 aspirantes. Nos llevaron al pañol general, allí recogimos nuestros uniformes, zapatos, botas, ropa de deportes, polos, toallas, hasta ropa interior y nos indicaron que cada prenda la teníamos que marcar con plumón indeleble negro en su parte trasera con nuestro número de ingreso para poder identificarlas y ese sería nuestro posterior número de lavandería.

Todo era un caos, se escuchaban gritos de mis compañeros dando el comprendido por todos lados, mi terno ya era un desastre estaba completamente sucio, la camisa sudada y arrugada que se salía fuera del pantalón.

Cuando salimos del pañol después de habernos puesto en

posición de ranas, planchas por más o menos tres horas, el cadete encargado de mi sección, cadete de cuarto año Mottola nos dirigió a la peluquería, y allí nos raparon el cabello a todos, esta parte ocurriría de manera muy lenta, parecía una eternidad, la mayoría usábamos el cabello como los integrantes de la banda *Soda Stereo* o como *Memo* el protagonista de la novela mexicana quinceañera, y veíamos como mechones de cabello fruto de tantas peinadas, cortes, tratamiento para que te crezca más rápido sobre todo la parte de atrás, se destruía en segundos.

Luego nos dieron *diez* minutos para ir a nuestros respectivos camarotes los cuales ya estaban asignados para cada uno, yo era el camarote 208.

El edificio donde estaban distribuidos dichos camarotes se llamaba edificio Grau, y tenía cuatro pisos o cubiertas como nos enseñaron a decir, y buscar tu número fue un problema, los aspirantes teníamos solo quince minutos para dejar las cosas y volver a formación ya cambiados con nuestros uniformes de cuartel y en la búsqueda se cruzaban uno con el otro, deambulando por las cubiertas, otros se pasaban de largo, buscando el camarote asignado, felizmente pude encontrar el mío rápido, pensé que debería estar en la segunda cubierta por el primer número 208.

Al entrar observé que era espacioso, moderno, nada que ver cómo me lo imaginaba, pensé que se trataría de una cuadra grande en la que todos dormiríamos allí pero no, habían tres camas dobles, o sea para seis aspirantes, cada uno contaría con un ropero de madera espacioso y una gaveta de estudio amplia para poner libros y cuadernos, todos numerados del 1 al 6, es decir el uno lo tomaría el de mejor número de ingreso y así en ese orden, dos duchas y dos lavatorios, solamente los urinarios estaban en los pasadizos, no en los camarotes.

Fue fácil acomodarnos con mis compañeros de camarote, yo era el número *seis*, o sea el *menos antiguo,* que pronto me pasaría una factura alta porque para cualquier beneficio o cosa favorable que surgiera, se optaría siempre por escoger desde el más antiguo, así como también de la misma manera para cualquier cosa desfavorable casi perjudicial, se optaría por escoger desde el menos antiguo, calificando este hecho como *"la antigüedad es clase".*

Aspirantes con la cara paralela al cielo. Foto original año 91

¡Un camarote de lujo!

El más antiguo de mi camarote era uno gordo, de cuerpo medio flácido, estaba como aturdido por los gritos y todo lo que pasaba, no reaccionaba, su nombre era Juan Medina, tenía ojeras y no se mostraba muy empeñoso que digamos, solo decía Dios mío! a donde nos hemos metido. Su miedo y temor no era para nada bueno ya que se podría impregnar en nosotros y menos al comienzo del proceso, podía asegurar que no lo lograría;

El segundo era más atlético, parecía nadador se llamaba Mario Azurín no era muy agraciado que digamos, tenía una nariz prominente y encorvada, su pelo era negro y trinchudo, pero se le notaba buena gente, honesto y muy empeñoso, él era *el optimista*, le veía el lado positivo a todo, pensaba que todo iba a salir bien y que los seis terminaríamos el año de manera satisfactoria y que nadie iba a pedir su baja, algo que estaría por verse.

El tercero sería Mauricio Hurtado, flaco alto, de cabello rubio y ojos medios celestes, éste parecía del prototipo americano o canadiense, no hablaba mucho y sus movimientos eran un poco lentos y parsimoniosos, parecía los de una vieja y pronto esa sería justamente su apodo;

El cuarto lo tomaría Wilfredo Alcántara, uno flaquito bien parecido de ojos negros achinados y avispados, un poco frentón y cabezón, tenía el cabello negro y un lunar grande en el lado derecho de su cara, sacó sus cosas y de inmediato como tratando de no ser descubierto colocó todo de manera muy rápida en su ropero, lo mismo que Tejada el número cinco, ambos parecían saber exactamente qué hacer, tenían unas cajitas organizadoras, donde tenían de todo, agujas e hilos de todos los tamaños y colores, esparadrapos, tijeras, cortaúñas, imperdibles, todo lo que solamente en el cuarto de mi abuelita podría encontrar, yo metí tristemente mi cepillo de dientes, una pasta dental y claro todo lo que tenga que ver con aseo personal como jabón, shampoo, desodorante y un par de hojas de afeitar, este Wilfredo llevaba talco de cuerpo, talco especial para pies, una caja de hisopos, crema para hongos y otra para escaldaduras, era un asco, pensé que hasta un set de maquillaje podría estar metiendo, pero pronto me daría cuenta de que por ésta razón, nos percibirían como "aspirantes eficientes" a aquellos que contaban con todo a la mano para realizar cualquier tipo de labor y "perros relajados e ineficientes" los que no contaban con nada cada vez que se les pidiera algo.

A medida que íbamos guardando nuestras cosas y poniéndonos por primera vez el uniforme de cuartel, el mismo uniforme naval americano de marinero, un dolman blanco, un corbatín negro, pantalón blanco, zapatos negros, medias blancas y su gorra de cuartel, el mismo que usaríamos a diario, estaban todos muy mal entallados a nadie le quedaba de manera estética, nos veíamos muy mal observé que Tejada metió un paquete y lo camufló al fondo de su ropero.

_que es eso?, le pregunté

_que no lo sabes? me dijo sonriendo.

¡Me había parecido ver cigarros!, pero aún estaba en duda, no parecía ser él el tipo canchero que quería empezar mal el adoctrinamiento burlando el sistema desde el comienzo metiendo cigarros, exponiéndose a recibir una sanción disciplinaria, aparte tenía a su hermano como cadete de cuarto año adoctrinador, aunque de otra sección, pero que seguramente le habría prevenido de todo cuanto podía y no podía hacer y sobre todo de cómo hacer las cosas para salir bien.

_"...Aquí todos los cadetes de 4to año te van a pedir cigarros y deberás conseguírselos como sea, si les das serás visto como perro efectivo y si no les consigues te ganarás fama de perro ineficiente y así empezarás mal el año", terminó.

Mi corazón empezó a latir con desesperación, miré a los demás como para esperar que alguien me dijera que esa información era falsa o algo por el estilo, pero todos asintieron, Medina dijo que tenía un paquete, Mauricio dos paquetes, ¡Wilfredo obvio tres!, y los demás medio paquete, solo yo no tenía ni un maldito cigarro, nadie me había advertido de ello, no era justo pensé, ahora iba a ser un problema conseguirlos porque nadie me daría de los suyos por más amigo que sea, éste pequeño hábito por más tonto que pareciese, se convertiría en un instrumento de sobrevivencia letal para cada uno de nosotros durante nuestro primer año, aquel que proveía de cigarros sería considerado como un aspirante eficiente y efectivo, mientras que los que no, todo lo contrario.

_Y no solo cigarros dijo Tejada, también caramelos, un perro debe de tener siempre en el bolsillo éstas dos cosas para cuando te pidan y si no tienes, deberás contestar *"no tengo cadete, pero puedo conseguirle"*, mi hermano me ha dicho que esta frase les hará feliz y salvará tu vida, ya que demuestras así que al menos tienes la intensión de ir a conseguir lo que te pidan, antes de decirle únicamente que no tienes.

_ Y si les digo así y no regreso más? le pregunté.

_ No seas pendejo, ahí sí que te jodes, crees que son cojudos?

_ No de hecho que no, dije apenado.

_ deberás ir y conseguir, y si no has conseguido deberás presentarte al cadete a informarle que no has podido conseguirlo, decretó Tejada.

Sonó una corneta, el cual indicaba el *"preventivo de formación"* frase que sería luego parte inherente de la rutina diaria de nuestra vida naval, el cual significaba que solo quedan los últimos *cinco minutos* para bajar a la formación, luego de ello se tocaría el terrorífico cornetazo final el cual nunca nadie quiere escuchar, peor si eres perro, que es el ***"ejecutivo de formación"***, que significa que el tiempo se acabó y a partir de allí si no llegaste a filas, pasarás a la filas de los morosos, el cual si estás en tu etapa de formación significará sanción física normalmente, pero si ya eres una cadete, esta falta será disciplinaria el cual tendrá un demérito en la foja personal (cardex) y que repercutirá en su salida de franco.

Terminé de doblar mis prendas como sea y pude llegar a la formación antes del ejecutivo, solo esperaba que no vayan a revisar los roperos, porque el mío aún no estaba listo, así como lo indicaba un folleto pegado en la parte trasera de la puerta, el cual detallaba de manera milimétrica la manera de como colocar todas las prendas y los dobleces correctos de cada una de ellas, pero si me dedicaba a hacerlo tal cual no iba a llegar jamás a formación y algo me decía que le dé prioridad a lo segundo.

Sonó la corneta del ejecutivo de formación y como esperando ansiosos este momento maravilloso, para los adoctrinadores, ¡¡gritaron varias voces al unísono... "formen los morosos!! ". No cedieron ni siquiera una milésima de segundos estos hijos de p....y entendí que así sería la exigencia en el futuro para cada formación a la que se llame, ya sea para inspección, ya sea para comer o pasar rancho como se acostumbra a decir, ya sea para lista y parte, cine, deportes, desfile, honores y las miles de otras actividades a las que siempre se requerirá formar.

Pero en todas las formaciones, había morosos era inevitable no llegar tarde porque normalmente estás realizando otra actividad también importante y es aquí donde entra a tallar tu astucia, pericia, viveza para tratar de no caer en falta dentro de todas las actividades de la rutina diaria.

Formaron aparte a todos los morosos y les hicieron hacer

20 planchas y 50 ranas, gritando con fuerza: *¡No debo llegar moroso! No debo llegar moroso!,* que al terminarlas acababan sudando desagradablemente, sobre todo aquellos que tenían sus glándulas sudoríparas bastante desarrolladas, el sudor les salía por todo el cuerpo, por el rostro rojizo de cada uno, por la frente, brazos, caían a cántaros gotones de sudor que mojaban el piso de la explanada caliente por el calor, que al momento de colocarse en posición de planchas, las manos ardían como si las estuvieran poniendo en la misma plancha eléctrica, pronto las ampollas no tardarían en dejarse ver; sus uniformes blancos mal entallados pronto también estarían sucios y malolientes, como normalmente huele un perro que constantemente es sancionado de esa manera y solo nos dieron dos juegos.

Miraba la lucha de cada uno de mis compañeros por cumplir el número del castigo físico impuesto, algunos solo podían hacer 20 planchas bien hechas, otros solo 10 ó 15 y a partir de allí las terminarían como sea, todas mal hechas doblando el cuerpo y las piernas al menos para disimular que las hacían, las planchas hechas en el pañol general y en la peluquería les había dejado sin brazos a algunos y otros simplemente no podían por su anatomía física, eran muy gordos y panzones, su cuerpo no les respondía, y eran ellos los que prontamente se rendirían.

Los morosos terminaron su castigo e ingresaron a filas, y se procedió con la "inspección", nos dijeron que siempre antes de entrar al comedor para pasar Rancho habría inspección, ya que un cadete naval debe estar correctamente presentado antes de ir al comedor y el cadete a cargo de la sección debería corroborar que estemos perfectamente afeitados, con el uniforme limpio, pañuelo blanco doblado y limpio, uñas cortadas y limpias, zapatos lustrados y la gorra de cuartel blanca sin ninguna mancha, de no ser así se saldría de filas a formar con los demás *"mal presentados a una inspección"* y no entraban al comedor hasta la siguiente formación para ellos.

Pero normalmente los perros andaríamos siempre mal presentados, apestando a sudor por el constante trajinar y tensión en la que vivíamos permanentemente.

Terminada la inspección, ya estaríamos listos para ir al comedor a pasar rancho o almorzar, la voz enérgica del Cadete comandante dio la orden:

_ A la derecha (voz preventiva)

_derecha!! (voz ejecutiva) en donde debíamos realizar el movimiento marcial de girar hacia la derecha...

De frente...

_Marchen!!!... nos dirigimos al comedor...

El comedor ...

Desfilando a paso marcial, nos dirigieron al comedor, mientras se escuchaban gritos desaforados, ensordecedores ordenando mirar al frente, levantar la cara paralela al cielo y estirar las manos, no había descanso ni tregua en este aspecto, así mantuviéramos la postura correcta los gritos iban a ser igual, la idea era mantener la presión psicológica constante para ver nuestro aguante emocional, pensaba; si por alguna razón mi vista se dirigía a otro lugar que no era al frente, me consumía el aliento poco agradable de algún adoctrinador gritándome en la cara:

¡¡Vista al frente perro de mierda!! No entiende?

A lo que tenía que contestar gritando a todo pulmón:

¡¡Comprendido cadete!!

Y sin querer grité el comprendido mirando a los ojos al adoctrinador, era un animal, era alto, medio negro, corpulento, bueno todos los de cuarto año lo eran, tendrían todos un promedio de 24 años de edad, frente a los escurridizos y flacuchentos aspirantes, adolescentes recién ingresados que no llegaban ni a 19 años, se le veía que estaba molesto, fastidiado, enfurecido con la vida, parecía perro rabioso o que alguien le hubiese hecho algo y se estuviese desquitando con nosotros, pensaba.

_No me mires perro!, acaso quiere que le regale una fotografía mía calato!!, no sé porque se me hizo familiar esa frase, la vista es al cielo carajo cuando grite el comprendido!!! vociferó el animal colocando su boca en mi cara tan cerca que podía sentir sus labios y su aliento desagradable.

Respondí perplejo y aterrado con todas mis fuerzas esta vez sin mirarlo: comprendido cadeteee!... frase que se escucharía gritar a partir de ahora a cada minuto a cada instante, por todos lados, mientras hubiera la presencia de algún aspirante a cadete naval o mejor dicho de un perro naval.

Ingresamos al comedor, era muy espacioso, había una gran cantidad de mesas dispuestas de manera ordenada una detrás de otra con sus respectivas sillas de madera, eran rectangulares y ya estaban preparadas, cada una para recibir hasta diez cadetes, llevaban un mantel blanco, servilletas, cubiertos y platos dispuestos como si fuese un hotel de cinco estrellas, nos pusimos detrás de cada silla aún sin poder sentarnos hasta recibir la orden de hacerlo, mientras tanto a esperar en posición de atención o firmes que era lo mismo como si estuviéramos en formación.

Al terminar el ingreso de todos, recién dio la orden el Cadete comandante, Antonio Vílchez Concha con su acostumbrada voz de mando y exagerado porte militar de *"sentarse!"*, él no estaba a cargo de ninguna sección porque era el que ejercía el liderazgo de todos, inclusive hasta de sus propios compañeros ya que era el primer puesto de su promoción y era el responsable del adoctrinamiento de los aspirantes durante todo este proceso que duraría aproximadamente un mes, luego de ello entrarían todos los demás cadetes de todos los años al que se le llamaba "el Batallón" y daríamos inicio al año académico, pero en ese momento todos se encontraban gozando de sus vacaciones. Procedimos a sentarnos, cada uno en el lugar que habíamos elegido al azar solamente el primer día ya que a partir del día siguiente ya cada uno tendría una mesa asignada para cada aspirante.

Cuando me senté, sentí un placer enorme de poder bajar otra vez la cabeza que la tenía todo el rato levantado, mirando al cielo mientras estábamos en posición de atención, parecíamos pelícanos y sería una posición casi constante para un perro, tenía que ir acostumbrándome y adaptándome a esa nueva postura militar, hasta llegar a ser cadete y poder colocar la postura militar normal.

En cada mesa había un cadete de cuarto año adoctrinador, su misión era enseñar a los aspirantes los modales que se tenía que tener en la mesa, no solamente se trataba de aquellos tradicionales que todos conocemos y traemos de casa como, no hablar con la boca llena de alimentos por ejemplo o comer con la boca abierta, sino habían ciertos hábitos y costumbres que aprenderíamos a partir de ese día, como no empezar a comer mientras un cadete más antiguo no ha empezado, pedir permiso para continuar con la siguiente merienda, es decir si el cadete más antiguo está aún en la entrada, no se puede pasar al segundo y menos al postre, había que pedir permiso para continuar, el aspirante debe servir la comida y debe hacerlo distribuyendo de manera equitativa a cada uno de los diez cadetes que estaban en la mesa y empezar por el más antiguo y terminar con uno mismo, por lo cual muchas veces se calculaba mal y el pobre perro se quedaría sin comer.

Por último, nos dijeron que la manera de comer de los aspirantes a partir de ahora sería en ángulo recto, es decir llevar el tenedor o cuchara con comida desde el plato hacia la boca en ángulo recto, así tenía que ser, en esa forma, sin que se caiga nada de comida al plato y aunque al hacerlo pareciéramos unos graciosos y ridículos robots, en un año estaríamos listos para comer sin llevar la cabeza al plato y hacerlo así siempre por el resto de nuestras vidas.

Había siempre en la mesa un plato de entrada para cada uno, nada mal por cierto, podía ser una papa rellena, una causa, un pastel de acelgas, una ensalada mixta, era variado el menú y muy agradable, había una olla para el guiso con diez presas y esta se la iban pasando de más a menos antiguo, una bandeja de aluminio para el arroz para que el aspirante sirva, una olla de menestra que podía ser alverjitas verdes, lentejas o frijoles, también había una olla de sopa que podía ser menestrón, sopa de chifa, sopa criolla, crema de zapallo o crema de alverjas y finalmente un postre para cada uno, que podía ir desde una fruta acaramelada, un pie de manzana o de limón hasta un helado.

En realidad, el almuerzo en la Escuela era muy bueno en todo sentido, salvo la cena que ahí sí la cosa cambiaba, era todo lo contrario, la sopa era básicamente de caldo con pocos fideos y casi nada de verduras normalmente no la tomaban y la dejaban, llegaba fría, insípida y era casi la misma de siempre, la llamaban inclusive *"la incondicional"* en alusión a la canción de Luis Miguel que decía *"Tú la misma siempre tú, la misma de ayer"*...y de segundo no podía haber otra cosa que mondongo, todos los días o hígado encebollado para matizar un poco.

Podía hacer un esfuerzo en tragar lo que sea, pero es que a esto se le adicionaba un pequeño detalle no menos importante y era que siempre estaba frío, podíamos voltear la olla de la menestra y no se caía porque se endurecía y quedaba adherido a ésta, y era porque los mamparos que dan acceso al malecón de la punta estaban abiertos de par en par y dejaba entrar una corriente de aire que el que llegaba a cenar tarde la comida estaría helada, no entiendo porque demonios al inútil del cadete de guardia de cocina ya que existía una guardia allí, no se le ocurría cerrarlas, pensaba, ya con el tiempo descubrí que los mamparos estaban malogrados y no se podían cerrar, cosa que nadie decía o informaba ya que era un tema de gestión de la logística a cargo de la dirección, y no me veía tampoco levantando la mano para pedir que arreglen eso porque se enfriaba mi sopa por las noches, me imagino lo que me hubieran hecho.

Un aspirante voluntario ...

El cadete adoctrinador que estaba sentado en la cabecera de la mesa preguntó: ¿qué aspirante voluntario quiere servir? en su placa decía: L. Rivas, era chato, corpulento, medio achinado y casi no tenía pelo.

En ese momento nadie atinó a decir algo, y repitió:

_Repito que perro voluntario desea servir!!...

Por inercia levanté la mano junto con otros tres compañeros más que se prestaban como yo a servir la comida para todos, no me incomodaba ni mucho menos, además ya se me había abierto el apetito al ver las paltas o aguacates rellenos con su pollo, choclo, zanahoria y aceituna, servidas como entrada y como segundo su chancho al horno en salsa de ostión con puré de papa.

_Muy bien!, a todos los perros que no han levantado la mano, quiere decir que no desean almorzar, por lo tanto, se pondrán de pie y se quedarán sin comer mirando como comen sus compañeros, que ellos sí levantaron la mano, la próxima vez deberán ser más voluntariosos y cada vez que se llame a un perro voluntario, levantarán la mano desde donde estén y serán los primeros en ponerse a disposición de su superior..., dijo tranquilo sin gritar como sabiendo lo que hacía, los demás ya pueden comer, terminó.

Al fin me salió una me dije, normalmente por mi suerte debería estar en el grupo de los que se tenían que poner de pie, pero esta vez sería todo lo contrario, además habría más paltas rellenas para repetir; no puedo creer que haya pensado eso.

Los cinco se pusieron inmediatamente de pie y se colocaron en atención frente a sus asientos, nosotros empezamos a comer, así como nos habían enseñado, en ángulo recto, al frente mío estaba Jaramillo, que me miraba con su sonrisa cómplice como diciendo que chévere, que suertudos, trataba de esquivar su tonta mirada para que el cadete adoctrinador no piense que estamos disfrutando de ese momento...

_de que se ríe perro, preguntó el adoctrinador.

Me puse pálido, solté la cuchara y mirando al techo respondí: de nada cadete!!

_No Ud. no, el otro... cuál es su nombre perro!!

_Aspirante Víctor Jaramillo cadete gritó el pobre.

Y como adivinando lo que iba a decir:

_le causa risa esto? le preguntó.

_No cadete, respondió.

_Póngase de pie, así como ellos, a partir de ahora Ud. aprenderá lo que es el "compañerismo" a ver si así se le quita la sonrisa.

_Comprendido cadete! respondió.

Hasta ese momento no me había metido aún ni un bocado de comida a la boca, esta vez estuve cerca, pensé, cuando al fin empecé a comer, la palta estaba demasiado buena, pero a mi compañero Rivera un rubio de ojos celestes colorado de nariz achatada se le hacía complicado realizar el movimiento del ángulo recto, la cuchara y la mano le temblaba, así que en el tercer bocado se le cayó todo a las piernas ensuciando su pantalón, el mantel y parte del piso con algunos trocitos de choclo.

Lo miró al cadete adoctrinador con su cara de culpable y le dijo: perdón cadete!

_Aquí no se pide perdón, pronunció Rivas, el adoctrinador, aquí se dice: "no tengo excusa cadete" y esa será la frase que los acompañará en toda su carrera, cada vez que infrinjan una falta así deberán responder, terminó.

_Levántese y lleve su plato debajo de la mesa, va a almorzar allí, como hacen los perros hasta que aprenda a comer como gente.

Cuando volteé a ver a las otras mesas, me di cuenta de que muchos de mis compañeros estaban parados, me imaginaba porqué y otros comiendo debajo de la mesa, ¡por Dios! sentí un nudo en la garganta y el estómago que se me revolvía, no creo que salga bien librado de esto dije.

Comencé a comer nuevamente tratando de cuidar el pulso

para que no se me cayera la comida, así como a Rivera, pero nada de eso resultó, en el cuarto bocado se me cayó un pedazo de palta.

_ No tengo excusa cadete! pude decir como ya sabiendo perfectamente lo que iba a pasar.

Pronto estábamos finalmente debajo de la mesa y solo así pudimos comer, pensé no era tanto el castigo, prefería esta situación antes de estar en la posición de mis otros compañeros que se quedaron sin comer.

_La hora del almuerzo se terminó nos pusieron de pie, y el cadete adoctrinador les dijo a los seis que estaban si comer:

_Contaré hasta 20 y quiero que se hayan tragado toda la comida, dijo como teniendo benevolencia de ellos, listos...top, uno ...dos...tres...

y los seis se abalanzaron a sus platos comiendo y tragando lo más rápido posible antes de que el cadete llegue en su conteo a veinte...parecían esos concursos de glotones donde comes todo sin masticar.

Jaramillo fue el primero en terminar incluso se llegó a tomar su refresco de maracuyá y eructó disimuladamente, los otros tenían los cachetes repletos de comida, no la podían pasar, al final pudieron terminar todos.

Aprendiendo rápido

Habíamos terminado de almorzar, por si a eso se le puede llamar almuerzo me dije y luego de ello procedimos a las aulas, que estaban ubicadas en el edificio llamado "Edificio Guise", en honor a Martin George Guise, un oficial de la "Marina Real Británica" que sirvió durante las Guerras napoleónicas y que se trasladó posteriormente a América del sur para ofrecer sus servicios a la causa independentista contra España y que años más tarde asumiera el cargo de Comandante General de la Marina de Guerra de Perú de la cual también fue fundador, en las aulas de este edificio, continuaríamos con todo aquello que deberíamos aprender de manera veloz.

Cada sección se iba con sus respectivos cadetes adoctrinadores, nos dieron a cada uno un folleto en donde estaba escrito el himno de la Marina de Guerra del Perú, el himno de la Escuela Naval, el himno a Grau y otras marchas más, también estaba el nombre de los cadetes adoctrinadores, pensé que era como información, pero me equivoqué, ya que era para aprenderlo de memoria.

Se escuchaban de pronto de otras aulas cercanas los gritos marciales de mis compañeros recitando los nombres completos de cada cadete adoctrinador y se debía recitar asi: *"excelentísimo señor cadete de cuarto año Víctor Raúl Carmona Céspedes"*, y si tenía tres nombres debía decirse

completo, había un desgraciado que su nombre era *"*
Schroth – Kojacovic Mier y Proaño Frank Miguel
Antonio.

Luego se escucharía a las demás secciones cantando el
himno de la Marina y a sus cadetes encargados presumir
de lo rápido que aprenderían sus perros a cargo, y a partir
de allí, generarse una suerte de competencia entre
secciones de quien sería la mejor en todos los aspectos del
aprendizaje.

Mi sección era un poco dura para aprender, podíamos
cantar, pero leyendo, una vez que apagaban la música
pronto nos olvidaríamos la letra.

Himno de la Marina de Guerra

coro

Mar peruano, escenario milenario,
de bronceados marineros
que, en la esencia de tu sal,
nos legaron para siempre aquel dominio
que preserva en su destino, nuestra Armada Nacional.

I
La Gloriosa Marina Peruana
conserva la llama de la tradición,

pues al ir patrullando sus aguas,
tarea sagrada, eterna misión,
Miguel Grau continúa presente
sobre el puente del "Huáscar" sin par.
El centauro, nobleza y acero,
¡Mejor marinero jamás tuvo el mar!

II
En los hombres que guardan memoria,
acciones de gloria, cual tuvo Noel,
si les toca su hora en la historia,
sabrán ser sublimes, así como él.
La Marina, por ellos existe,
y por ellos ha de perdurar,
cual los firmes colores que viste:
¡El oro del sol y el azul de su mar!

Esta letra y música le correspondía a Francisco Quiroz Tafur, un oficial de la Marina que llegó al grado de Capitán de Navío, nacido en el Callao, no solo compuso el himno de la marina sino también es autor de valses como Bandida, Caricia, El buquecito, Santa Clotilde; la polca ¡Vamos Boys! y otras composiciones más.

_Al menos solo tiene dos estrofas y no seis como la del Himno Nacional, aparte su contenido era motivador, inspirador y alentador al llamado a ser sublimes por la patria, no como la del himno nacional que no solo tiene seis estrofas, sino que el contenido mismo es deprimente sobre todo su primera estrofa, pensé algo complacido.

Nos entregaron libros como guías para estudiar, una de ellas se llamaba "Guía del Oficial de Guardia", aquí encontraríamos un

resumen de las cosas básicas que teníamos que saber y aprender, como un alfabeto para deletrear, usado de manera internacional, *alpha, bravo, charlie, delta, echo, foxtrot, golf, hasta la zeta (zulú)* y su significado en la navegación; la nuevas formas de expresarse usando la nueva terminología naval, por ejemplo ya no se diría al frente sino a Proa ni atrás sino a Popa, lo mismo que izquierda y derecha que a partir de ahora sería Babor y Estribor respectivamente.

Un poco de historia naval, señales y semáforo, clave morse, himnos y los versos de Thomas Gray que era algo así como el padre nuestro para el tráfico marítimo, en caso de navegación, aquí algunos:

"Si ambas luces de un vapor por la proa has avistado, has de caer a estribor dejando ver tu encarnado."

"Si a estribor ves colorado debes con cuidado obrar, gobierna a uno u otro lado, modera, para o da atrás."

"Si acaso sobre babor el verde se deja ver, sigue avante ojo avizor, débase el otro mover."

"Si da verde con el verde o encarnado con su igual, entonces nada se pierde y sigue a rumbo cada cual."

También tenía lo esencial para poder conocer los diferentes toques de pito o toques de corneta para poder identificarlas a partir de ahora, y saber a qué llamado se refiere dicho toque, pudiendo ser: toque para el *"Izamiento del pabellón nacional"*, todos los días a las 0800 de la mañana en punto, se izaría nuestro Pabellón Nacional, nada menos que en el Palo Mayor de la "Corbeta Unión", unidad que participó en el Combate de Abtao al mando del entonces Capitán de Corbeta Miguel Grau Seminario, reliquia más importante de la Guerra del Pacífico y que fue instalado en la Escuela Naval el año 1918, fecha desde la cual los futuros oficiales de Marina de Guerra le rinden homenaje y que está ubicada en la calle Figueredo de La Punta llamada a partir de entonces la *Puerta Unión,* que es donde entran y salen los cadetes con su uniforme de parada.

Toque para *el "arriado del pabellón nacional"* que es lo contrario en la que se baja o arría de manera lenta nuestra bandera al ocaso o a las 1800 horas lo que suceda primero, toque para *"formación al paso ligero"*, en la que debíamos dejar todo lo que estuviésemos haciendo e ir a la formación al paso ligero o sea trotando (se debe recalcar que los aspirantes estábamos prohibidos de caminar, era un privilegio otorgado una vez se conseguida la *primera pita de cadete*, mientras tanto todo lo teníamos que hacer al paso ligero;

Toque para *"pasar rancho"* (término que se usa para ir a comer, pudiéndose decir a la comida también así, lo cual estaría bien decir: ¿qué hay de rancho hoy?, a lo cual se le podría responder algo así como *hoy tenemos lentejas navales*), luego estaba el toque de *"fagina"* que es un término que se usa para el descanso, en la que todo el personal lo usa como libre dentro de su apretada rutina diaria, pueden descansar en sus camarotes, ir las salas de Tv. o ir al casino donde están las mesas de billar, fulbito de mano, ping pong aunque esto era un suicidio para un aspirante pasar por esos sitios, ya que normalmente los perros aprovechan este tiempo para realizar sus quehaceres pendientes, ir a la lavandería, sastrería, arreglar su ropero, lustrar sus botas, sacar brillo a sus bronces, limpiar su fusil, entre otras cosas.

Toque para *"aseo personal"*, también estaba el toque de "zafarrancho de combate" (este era un simulacro que se debía realizar a diario, en donde se simulaba el ataque de una fuerza externa con posible intensión de toma de la ESNA, por el cual teníamos que retirar todos nuestros fusiles del armero lo más rápido posible y cada quien cubrir su puesto asignado en el más breve plazo para repeler dicho ataque, esto era evaluado por los más antiguos.

Toque de *"silencio"* es la hora de dormir y ya no levantarse más salvo se tenga una necesidad de ir a los servicios higiénicos por ejemplo y finalmente el peor sonido que a partir del día siguiente lo iba a experimentar, el famoso *"Toque de "Diana"*, que viene a ser la hora de levantarse el cual era a las 0545 de la mañana y debía hacerse saltando de la cama, cambiarse en un par de minutos y bajar corriendo a la formación para comenzar los ejercicios de la mañana, esta práctica es conocida en todos los institutos de formación militar, si bien los EEUU hicieron famosa esta pieza, el toque es de origen francés, donde se le conoce como "Sonnerie du réveil".

La poza

Eran las 4 de la tarde y seguíamos en aulas tratando de aprender el himno de la Marina de Guerra, pero aún no lo podíamos hacer de manera correcta, quizás era el nerviosismo que había en nosotros o el temor a equivocarnos lo que impedía que fluyera de manera natural el aprendizaje.

El cadete de 4 año Regalado, entró al aula y se bromeó con su compañero Mottola, presumiendo de su sección a cargo, la Alpha.

_escuchas eso? le preguntó.

Y se escuchaba desde el aula aledaña voces acompasadas que cantaban gritando rítmicamente el himno de la Marina, eran mis otros compañeros, los de la sección Alpha y lo hacían bien, sin errores y sin leer; ¡son mis bestias! dijo orgulloso, inflando el pecho.

_como van tus animales? preguntó de manera sarcástica, sabiendo que aún no lo podíamos cantar, había unos que ya lo sabían, pero otros no lo sabían completamente y tarareaban algunas frases y eso se podía notar.

El cadete adoctrinador Augusto Mottola se cansó de nosotros y dijo, bueno como los perros no quieren aprender, vamos a tener que enseñarles como me enseñaron a mí, tienen a partir de ahora diez minutos para ir a sus camarotes y bajar a formar con ropa de baño, sandalias y su toalla en mano, es hora de refrescarse un poco, dijo con una sonrisa malévola como si tuviera un plan perverso para nosotros.

Solo espero que la piscina esté temperada dijo Medina mientras nos poníamos nuestra ropa de baño en el camarote, Wilfredo soltó una carcajada diciéndole, tú crees que va a estar temperada, no seas tarado.

_ Al menos un baño no nos va a caer tan mal muchachos, dije tratando de levantar el ánimo.

_ Prefiero eso a estar cantando esos himnos que no nos entra en la cabeza para nada, seguí.

_ Y qué pasa si no es en la piscina y es en el agua de la poza, esa es agua de mar, allí sí que nos jodimos dijo Medina, el agua es heladísima.

Aquí ya entonces prefería seguir cantando los himnos, quizás ahora no sea tan mala esa idea.

_ Mejor cállate! no seas malagüero, dijo Mario.

Cuando volvimos a formar, ya el cadete adoctrinador nos estaba esperando, parecía ansioso y decidido; con su acostumbrado timbre de voz, ordenó al grupo desfilar al paso ligero. Mientras lo hacíamos, pude percatarme que no nos dirigíamos al gimnasio que es donde se encontraba la piscina, sino que esta vez tomó otra ruta, en donde al llegar bajábamos por una rampa que daba acceso a un lugar donde se aglomeraban una gran cantidad de botes, unos eran de vela y otros de remo y pude alcanzar a leer un letrero viejo de madera con letras amarillas que decía: casa de botes y un slogan en la pared azul con pintura negra con bordes amarillos que decía: *"vencer no lo es todo, es lo único"*.

El malagüero de Medina tenía razón pensé, nos colocaron justo en el embarcadero, que da acceso a la *"poza"* que es donde se encuentran los botes amarrados a sus respectivas boyas y luego dijo: "cuando cuente tres no quiero ver a ningún perro parado en el embarcadero"!!,

Uno... dos... y antes de gritar tres ya todos nos comenzamos a tirar al agua, ninguno se quedó parado, el chapuzón lo sentí hasta los huesos, el agua estaba tan helada que me arrepentí de no haber estado cantando los himnos en el aula, el agua me llegaba hasta el cuello y pronto empezaríamos a tiritar de frio. El cadete nos dijo: *hasta que no canten de manera correcta el himno de la Marina de Guerra, no saldrán de allí*, y empezamos a cantar.

Cantamos una y otra y otra, y cada vez salía mejor, gracias a Dios pensé.

¡¡Formación pollito!! ordenó el adoctrinador y nadie sabía lo que era.

Es todos abrazados animales! dijo, ¡es para que no tengan frio!, volvió a gritar.

Y es que todos estábamos morados, pálidos y con los dedos arrugados, pero la formación pollito o agruparse y abrazarse entre todos en el agua, fue de gran ayuda, inmediatamente sentimos el calor de nuestros cuerpos, era un poco incómodo abrazarse entre hombres que recién nos conocíamos, pero, aunque sonase un poco homosexual, pronto no nos separaría nadie.

Luego de una hora aproximadamente cantábamos a la perfección, salimos del agua, formamos en columnas de a tres y nos dirigimos al paso ligero al edificio Grau, nos dieron 15 minutos para proceder en aseo personal, y bajar a la formación para la cena.

dejando limpio todo!

Como éramos seis en cada camarote y este tenía dos duchas y dos lavatorios, el movimiento de aseo personal tenía que ser demasiado rápido y llegar a alcanzar esa destreza y sincronización perfecta para poder optimizar los tiempos y no llegar tarde o moroso a la formación, o sea así: mientras dos se bañaban, otros dos tenían que ir jabonándose afuera, procurando no rozarse claro, luego intercambiaban, mientras que los otros dos podían ir tendiendo sus respectivas camas o usar los lavatorios para afeitarse, pero eso sí, a la ducha entraba solo uno, no podían entrar dos personas, sino ya sería pues un acto terriblemente escandaloso. No eran esas duchas largas como sale en las películas donde todos se bañan juntos y temes que en alguna de esas se te caiga el jabón al piso y al recogerlo poder recibir un brochazo inesperado y muy poco agradable, aquí sí se te podía caer, y darte el lujo de agacharte con total tranquilidad y confianza a recogerlo, sabiendo que nadie te lo iba a dar.

Quedaban cinco minutos para que toque la corneta del "preventivo de formación" y ya prácticamente estábamos listos para bajar, pero vimos que el camarote había quedado hecho una desgracia, las duchas estaban mojadas, el piso mojado con huellas de zapato por todos lados, sabíamos que teníamos que organizarnos de alguna manera mejor en cuanto a la distribución de las encargadurías y responsabilidades de la limpieza (o policía) como se le

denominaba, así como también, de su cuidado durante el día, ya algo de eso nos lo habían explicado los cadetes adoctrinadores en las aulas.

A partir del día siguiente entonces y para el resto de nuestros días, habría por cada camarote un *"encargado de la Policía*, quien era no solamente el que realizaría la limpieza del mismo, el cual consistiría en barrer el piso, que estaba echo de parquet, encerarlo la noche anterior y lustrarlo por la mañana antes de ir a clases, con un trapo al que le llamaban *"Pichana",* sino que durante todo el día sería el responsable de supervisar que la limpieza se mantuviera presentable; luego estaría el encargado de duchas, éste tenía que dedicarse a que después de un aseo personal en la que normalmente queda todo mojado tanto las duchas como su mismo piso, debían quedar totalmente secos usando varios trapeadores para ello.

Luego vendría el encargado de las lunas, que tenía que hacer lo mismo con ellas, estas eran grandes y polarizadas y debían de estar sin polvo, ni excremento de gaviotas que muy a menudo caía por esa zona del Callao o podían quedar empañadas de humedad después de un aseo.

Finalmente estaría el encargado de "cositas" que de cositas no tenía nada porque había que ir a botar el tacho que a menudo se llenaba de basura, verificar la limpieza en el cuarto de policía que era un compartimiento dentro del camarote en donde se guardaban todos los útiles de limpieza, y debía estar ordenado, así como el cuarto de tubos que es otro pequeño compartimiento que da acceso a las tuberías de agua que pasaban por allí, y tenía que estar limpio, las cornisas y el techo de los roperos sin tierra.

Toda esta limpieza había que realizarla todas las mañanas después de la gimnasia diaria y antes de ir a clases dejar el camarote un anís para la *inspección diaria,* la cual estaría a cargo del cadete de cuarto año de Guardia de ese día, y en función al criterio de éste, podía haber novedades ya sean normales o exageradas; por ejemplo las simples podían ser: *cama mal tendida, piso sucio, lunas empañadas, mala policía, tacho sucio,* lo cual equivaldría a una sanción suave, normalmente física, como ir a correr toda la semana con un grupo al que le llamaban "Gimnasia Especial" que era el terror para muchos, debido a la exigencia física diferente a la normal ya que mientras el Batallón corría por el campo de maniobras a un paso normal, este grupo le daba la vuelta al Batallón una dos o tres veces, o de repente, si el cadete de guardia no estaba de humor, ordenaba la sanción disciplinaria o el arresto, que era lo peor, el cual era una sanción que en función a su gravedad tendría un puntaje de demérito determinado.

Las faltas como *"No efectuar policía"* eran las peores porque simplemente demostraba que ni siquiera se intentó limpiar, por lo tanto, este "tenor" tendría un mayor puntaje de demérito por lo que una sanción así ya perjudicaría la salida de franco del fin de semana del cadete.

Sin embargo como digo todo era subjetivo, ya que cada cadete de guardia pasaba inspección a su criterio, y lo que para algunos era una simple "mala limpieza", para otros que sus estándares estaban por encima del nivel de todos o al menos así se lo creían, era "no haber efectuado la limpieza en el camarote"; pronto tendríamos que lidiar con un cadete que quiso sancionar a todo el camarote con el tenor de "falta de respeto" debido a que estaba totalmente

sucio, Santo Dios! que tal criterio, decíamos, algunos cadetes de guardia al pasar su inspección tiraban una moneda en la cama y si ésta no rebotaba la falta era: cama mal tendida para el cadete responsable, o pasaban su guante blanco por encima de los roperos y si el guante del cadete quedaba sucio la sanción era no haber efectuado policía a pesar de tener el piso reluciendo.

Pronto conoceríamos entonces a aquellos que eran los más rigurosos y exagerados en su inspección, como quienes eran los más tranquilos y relajados, así como también quienes aplicaban la sanción de manera criteriosa y a los famosos "*sincris*" que eran los descriteriados o sin criterio.

Sonó la corneta del ejecutivo para formación, los que no llegaron a tiempo sus respectivas planchas y ranas atrás, y nos fuimos al comedor para la cena. Nos sentamos en la misma mesa asignada, nos pusimos de pie frente a nuestras sillas, hasta que se ordenó sentarse.

El cadete de cuarto preguntó:

_ Perro voluntario para servir? ...

Y en fracción de segundos los nueve aspirantes sentados

en la mesa levantamos la mano con tantas ganas, como peleándonos entre nosotros para tener ese honor de servir la comida, diciendo:

_presente cadete! ¡presente cadete! ...

Era increíble ver esa voluntad en todos mis compañeros, que hasta el mismo cadete dijo:

_muy bien perros!, me da gusto almorzar con perros así de voluntariosos, espero nunca se les olvide, porque esto les va a servir toda la vida en su carrera, ya que la Marina quiere gente voluntariosa para servir y no precisamente la comida, no queremos gente que se hagan a los cojudos.

_Han comprendido? preguntó:

_comprendido cadete!! gritamos con tanto entusiasmo que parecíamos niños que acabábamos de realizar una buena acción y recibir nuestra primera carita feliz en la frente.

Meón al descubierto

No todo estaba tan mal decía, si había que aprender así pues ni modo, parecía ser lo más práctico y justo, la presión psicológica con los gritos, planchas y las ranas para los que llegan tarde a la formación, el sin almuerzo para el que no quiere servir la comida, el comer debajo de la mesa como perro para el que se le cae los alimentos, el agua helada para meter los himnos a la cabeza, la gimnasia especial para el que realizaba una mala policía, aún era todavía soportable, pero que más faltará me preguntaba, solo tenía unas pocas horas adentro pero me sentía que llevaba como toda una semana.

Hubieron tres compañeros que después del baño de mar en la poza, decidieron no continuar más, pidieron su baja y procedieron a retirarse, sus padres los estaban esperando afuera, solo esperaba que no sea Medina decía, ya que era de mi camarote y teníamos que terminar el reto juntos, no solamente porque éramos compañeros de promoción, sino porque éramos compañeros de camarote, y éste es y será un lazo mucho más fuerte que se va a crear entre estos ya que, a partir de ese día, amanecerán juntos, se asearán juntos, limpiarán su camarote juntos, estudiarán juntos, se motivarán, enseñarán, compartirán cosas, atestiguarán de esos momentos difíciles que cada uno tendrá.

Nacerá de allí, justamente de éstos camarotes, de estas

promociones, el futuro líder o líderes que de a pocos se irán formando y que todos reconocerán como tales y no será necesariamente el más aplicado, ni el más académico, no será el más deportista por más medallas que consiga, no aquel que haga más planchas, ni el que sanciona más o el que menos arrestos tiene en su legajo personal, sino aquel que motive, aliente o inspire a algún compañero suyo en momentos críticos, el que se arriesgue por conseguir algo mejor para el grupo o su equipo, el que no sea egoísta y anteponga los intereses de su promoción antes que los personales, el que sin que se lo pidan, enseñe a todos sus compañeros antes de rendir un examen difícil, el que ayude a otro a terminar con la carrera diaria, éstos serán los "*verdaderos líderes*", a quien todos reconocerán y respetarán desde el comienzo de los años.

El toque de silencio por fin llegó, era hora de acostarse, había que colocarse el pijama azul, y apagar las luces del camarote, nadie debería seguir charlando ni caminando salvo fuese a dirigirse a los servicios higiénicos.

El trompetazo final se escuchó, era ese que se toca en los honores fúnebres de algún militar o autoridad civil, o en alguna ceremonia en homenaje a la muerte de alguien, era triste, largo, era el famoso "*Toque de silencio*".

Solo se escucharía los portazos cerrarse de los otros camarotes, los gritos de los cadetes adoctrinadores advirtiendo que ya ningún aspirante podía salir o estar despierto.

Yo ya estaba en la cama, mis demás compañeros igual, cerré los ojos y no podía dormir, pensaba en todo lo vivido, estaba tensionado no me podía relajar, cerca las once de la noche me dormí, hasta que como a las 02:00 am escuché como que alguien hubiese abierto la ducha, pero no era así, a esa hora nadie podría estar bañándose, así que me acerqué a ver y era Medina que estaba orinando en la ducha!

_Oye! dije con voz baja para que nadie me escuche.

_Que haces!! cochino de mierda estás meando en la ducha!! le reclamé.

_Lo siento no aguantaba, me dijo nervioso, ya mañana lo limpio.

_ Y porque no sales al baño del pasadizo principal? le dije.

_ No ni cagando salgo allá afuera. Ya mañana con más tranquilidad.

_ Pucha te pasaste de marica, dijo Mario, que se despertó de pronto, como mañana no limpies te vamos a sacar la mierda entre todos.

_Si, mañana lo limpio ya duerman chicos!, hasta mañana.

Un dulce despertar

El *"Toque de Diana"* es una de las composiciones militares más famosas de España, más conocido entre los reclutas como "Quinto levanta" y es la pieza que levanta a la tropa, y que se usa en los institutos armados de muchos países, entre ellos aquí en Perú, esta sonó a las 05:30 de la mañana y debíamos saltar de la cama, sin nada de estirarse o hacer la clásica de casa de los cinco minutitos más, teníamos que destender la cama en su totalidad, retirando uno por uno las sábanas, la colcha y colocarlas en el centro de la cama una encima de otra en forma de hongo para que se ventilen mientras realizábamos la rutina deportiva.

Saltamos, nos pusimos nuestra ropa de deportes, un short blanco, medias blancas gruesas, nuestro polo de año de la promoción, éramos el color azul, cada año tenía su propio color de polo y unas zapatillas de esas antiguas marca *Dunlop* o *Sin fin*, que al ponértelas sentías todo el piso en la planta de tu pie, creo que la última vez que vi a alguien con esas zapatillas fue a mi papá cuando me llevaba a su barrio a verlo jugar fulbito, realmente eran lo peor esas zapatillas, no iban a durar o ellas o mis pies, pensé.

Al llegar a formación comenzamos con los ejercicios a pie firme, saltos a la marina, buenos días querida, abdominales y planchas, luego de eso ... a la derecha, derecha!!

¡De frente paso ligero! ....gritaba el cadete comandante con su voz gruesa.

A lo que todos respondíamos gritando con voz enérgica: ¡¡listos!!

Luego decía... Marchen!!

Y todos

Es cue la na val del Pe rú ...

_ *desde cuándo?... desde siempre!, hasta cuándo? hasta el fin!*

Empezó la corrida, lo teníamos que hacer en conjunto, de manera armoniosa, rítmica, dando una palmada en el pie izquierdo cuando el cadete lo ordenara.

Pronto empezaríamos con los cánticos de esos que todos saben:

_ *Uno dos* y todos *tres cuatro*, luego al revés *cuatro tres* y todos *dos uno, mil, dos mil, tres mil, cuatro mil*, y todos *cuatro mil, tres mil, dos mil, un mil* ...había uno que decía así...

" *Ya ya vamos llegando*", y todos repetían al mismo tono, *ya ya vamos llegando...*

" *Ya no falta casi nada*" y todos... *ya no falta casi nada.*

"Solo faltan veinte vueltas" y todos solo faltan veinte vueltas, y se miraban como diciendo pasu! nos fregamos;

pero en realidad solo se daban de dos a tres vueltas a toda la Escuela y ya estaba, pero por querer asustar a los perros lo decían así.

Otros eran un poco más sanguinarios y decían así...

"Yo quiero bañarme... y repetían

"en una piscina ... y repetían

"llena de sangre... y repetían

"sangre chilena ...y repetían

"sangre ecuatoriana ...y repetían

"sangre terrorista...y repetían

Otros querían recuperar Arica y Tarapacá....

"siete nueve" (por 1879 Guerra con Chile)

"recordar...

"Tanta sangre derramada ...y repetían

"debe ser reivindicada...y repetían

"Tanta tierra arrebatada...y repetían

"Debe ser recuperada...y repetían

Otros eran más motivadores y nos enseñaron esta que dice así...

"...cuando vayan mal las cosas...y repetían

"...como a veces suelen ir...y repetían

"...cuando ofrezca tu camino ...y repetían

"...solo cuestas que subir...y repetían

"...descansar acaso debes ...y repetían

"...pero nunca desistir...y repetían

"...desistir es de cobardes...y repetían

"...Yo no quiero ser así...y repetían

" ...Y si acaso así lo fuese...y repetían

"...que me boten de esta Escuela...y repetían

"...esta escuela es para hombre...y repetían

"...de valor y decisión...y repetían

estaban también los malcriados palomillas que les encantaba el famoso "palo de mamey", que decía así:

Siembra un palo que sea de mamey, que sea de mamey, que sea de mamey:...de la leche sale el queso y del queso el requesón, y del cuarto de tu hermana sale un negro cabezón!

Y todos ...siembra un pa...

"un viejo y una vieja se cayeron en un pozo y la vieja le decía: aprovecha pues baboso"

Y todos... siembra un pa...

"una noche muy helada me tapé con la frazada, pero como estaba rota se me vieron las pelotas"

Y todos...siembra un pa...

"un pajarito se cayó en el patio de un convento y las monjas se quedaron con el pajarito adentro y todos... siembra un pa...

Pronto aparecerían los primeros en no aguantar el ritmo del trote y empezarían a quedarse relegados de todos y era penoso verlos, al comienzo luchaban en la primera vuelta, pero en la segunda ya empezarían los estragos y antes de comenzar la tercera vuelta se paraban y salían de la formación para no tropezar con el que venía atrás.

Joaquín Romero era uno que ni a la primera vuelta llegaba, era literal demasiado gordo, su peso era excesivo con relación a su estatura, pero le ponía muchas ganas, se esforzaba al máximo, pero su cuerpo no le respondía así que avanzaba lo que podía, los cadetes adoctrinadores pronto estarían detrás de los relegados gritando en sus oídos todo tipo de cosas para tratar de sacar su máximo esfuerzo, a este le gritaban *"Muévase maldita bola de manteca y de grasa!, ¡si no va a poder correr será mejor que se largue!"*, luego se acercaban otros dos adoctrinadores y entre los tres lo hacían avanzar a la fuerza, a empujones y calificativos de todo tipo, y así como él habría unos diez más.

Esta rutina era diaria, pero a veces al cadete al mando se le antojaba salir a correr afuera de las instalaciones de la escuela y llevarse al Batallón a correr por las calles de la Punta -Callao, cuando escuchaba "abra la puerta!", decía mierda!, esto se va a poner feo, el cadete de guardia abría la puerta principal y salíamos todos a correr, al principio era bonito correr por la calle, todos nos miraban, saludaban, nosotros cantando de todo, pero después ibas sintiendo que el físico no daba para tanto, ya que normalmente esos que les gustaba ir a correr por las calles eran esos maratonistas, fondistas que no sé qué tienen que jamás se cansan, y llevar su paso era sencillamente imposible.

Había uno que se llamaba Marcelo Cacho Palma era un salvaje corriendo, era del equipo de remo, que era el equipo más bravo que tenía la escuela, nadie lo podía igualar, solo algunos de su equipo lo intentaban un rato pero pronto se cansarían, si se atrevían a retarlo y ponerse a su ritmo, este seguiría dando más y más vueltas, por eso lo mejor era no seguirlo, cuenta la leyenda que un día un cadete de tercer año lo retó, y ambos se quedaron dando vueltas y vueltas en la pista atlética hasta que oscureció, y el cadete retador tuvo que parar porque se dio por vencido; Cuando el Batallón terminaba de correr, él hacía quedar un rato más a su equipo de Remo, y luego de eso se quedaría corriendo solo un rato más hasta estar satisfecho, los perros le llamábamos *la bestia*.

De pronto un tumulto se formó, era un perro que se había

caído y había hecho tropezar a varios, volteé y era Medina, lo retiraron y lo llevaron a la enfermería, para curarle las rodillas.

Llegamos al camarote para asearnos, me saqué las zapatillas y me di cuenta que tenía dos tremendas ampollas una en el talón de Aquiles de mi pie izquierdo y la otra en la planta de mi pie derecho, esto iba a ser rutinario y a la mayoría de los perros les iba a empezar a salir sus ampollas, hasta que las zapatillas vayan estirándose poco a poco, o cambiar de zapatillas y tirar a la basura estas, pero para eso faltaba todo un mes de adoctrinamiento para poder salir y comprarlas, mientras tanto a correr cojeando nomas hasta que la ampolla cicatrice.

_La cama de Medina estaba destendida. Esta rutina la seguiríamos todas las mañanas, luego tendríamos veinte minutos para ducharnos, afeitarnos, tender nuestras camas como se nos había enseñado con los dobleces correctos y cambiarnos, para asistir a la segunda formación del día que sería para tomar desayuno.

_Mejor le tendemos la cama a Medina.

Sonó la corneta del preventivo de formación y salimos todos corriendo para formar, dejamos el camarote limpio, lustrado, pisos secos, lunas brillando, espejos relucientes, tachos, techos y cornisas impecables, listos para su respectiva inspección de la mañana por parte del cadete de cuarto año de Guardia de ese día.

_Habrá pedido su baja Medina? solo espero que se encuentre bien. Pensé.

¡¡Especial!!

El desayuno era contundente, en la mesa había casi siempre bastante pan, café, colocaban una olla para la leche, otra para la avena, un pote mediano de mantequilla, otro de mermelada y un plato que era considerado como el "mejoramiento de rancho", que era obtenido con un presupuesto de una gestión administrativa extra que hacía la Dirección, para precisamente mejorar la calidad del rancho, y que sin él el desayuno sería de bajísima calidad, y si la gestión encargada, usaba de manera honrada y honesta los recursos otorgados para este fin, como normalmente era, los frutos se podrían notar de manera inmediata, por ejemplo podríamos encontrar un plato de Tacu Tacu de lentejas con huevo montado y dos salchichas, palta, queso, hot dog, jamón, pero si no era así, a pan con mantequilla y avena nomás, que era lo que el Estado entregaba de manera muy básica.

Si queríamos coger algo de otra mesa, como algún plato, bandeja, jarra o también un plato de mejoramiento que esté quedando por allí, como no podíamos levantarnos, salvo hayamos terminado, se le podía pedir como un favor al personal de servicio que nos lo pudiera alcanzar, ellos eran personas civiles que trabajan allí contratadas para recoger las bandejas, cubiertos, platos sucios, vasos y trasladarlos a la cocina, usando para ello unos carritos metálicos a ruedas, que cada vez que se movía, parecería que toda esa menajería dentro se fuese a romper, eran como ocho, a éste personal se les llamaba *"especial"*, y se les pasaba la voz diciéndole *especial! especial!,* aunque habían cadetes que por mofarse de ellos les llamaban espacial!, espacial!, y estos igual se acercaban porque ni cuenta se daban.

Un día un especial se puso un poco chúcaro, que en el argot naval es lo mismo que terco o porfiado, con el cadete de cuarto año de mi mesa, no le quería pasar un plato de entrada que estaba quedando de la otra mesa, diciendo que todo el mejoramiento estaba contado, y que cada uno debe comer su ración. Esto casi hizo enojar al cadete de cuarto año que tranquilo le dijo que no se preocupe, que vaya nomas. Me ordenó a mi pararme y recoger ese plato que estaba a solo unos metros.

Era un poco viejo cara de amargado, tiraba los platos al carrito de mala gana y no miraba a ningún cadete para no tener que hacerle ningún favor de pasarle nada a nadie, decían que no le gustaba que le gritaran *"especial"* sino quería que le dijeran *Señor!*, pero eso iba a estar muy difícil porque así solo se le decía a los *"Oficiales"*.

Luego de un tiempo al cadete le tocó hacer Guardia en la puerta de salida de la escuela, y como tenía que revisar los maletines del personal que entra y sale como parte de sus obligaciones en la guardia, al momento que le tocó pasar por la puerta al especial, o mejor dicho al señor especial, este le revisó como si estuviera pasando por el área migraciones del aeropuerto Jorge Chávez, le hizo primero abrir su maletín, abrió todos los cierres que tenía y él mismo metió la mano hasta adentro, como quien buscaba droga o algún tipo de narcóticos, y como sintió algo, le pidió que sacara toda la ropa que llevaba allí para poder ver que era lo que estaba muy pero muy al fondo del maletín.

Para su sorpresa encontró dos tapers llenos, que al abrirlos se pudo percatar que uno llevaba como una docena de salchichas, y el otro llevaba arroz con pollo con casi unas diez a doce presas, y se los estaba llevando a su casa como para todo el barrio, ahora entendía porque no le quería pasar la comida que sobraba, era para él llevárselo al final del día.

_que es esto!! exclamó el cadete de Guardia, mirándolo a los ojos.

la cara del especial se quedó desencajada, pálida, nunca pensó que lo descubrirían, desde cuando lo haría, ya con esto había firmado su sentencia de muerte porque perdería su trabajo simplemente con el informe de la Guardia.

_Lo siento cadete dijo ya vencido como sabiendo lo que iba a pasar. Tengo familia dijo con cara de que quería llorar, esa cara de renegón y pocos amigos se le había ido por completo.

_Tantos son? ... doce? dijo con un poco de sarcasmo el cadete.

asintió con la cabeza el especial sin dejar de mirar al piso.

El cadete cerró los dos tapers que había abierto con sus guantes blancos, sin temor a ensuciase los metió con cuidado al maletín, colocó toda la ropa que estaba afuera y cerró todos los cierres, lo miró y sin decirle nada le entregó el maletín, "no lo vuelvas a hacer si quieres conservar tu trabajo" le dijo finalmente.

El cadete Barandiarán no lo informó, lo perdonó, lo dejó ir con todas las cosas que estaba sacando, que era comida básicamente.

A partir de allí, tuvimos un "especial privado" solo para nosotros, porque sin que se lo pidiéramos, se acercaba a la mesa solito con todos los mejoramientos que se podía traer de todas las mesas, nuestra mesa tendría a partir de entonces durante unos tres meses aproximadamente toda la atención personalizada, entradas dobles más presas, más mejoramientos por las mañanas, llegábamos a veces a repetir hasta unas tres veces cada potaje.

Hasta que un día no lo volvimos a ver más, desapareció, ya luego nos enteraríamos que lo habían agarrado tratando de sacar medio pavo que había sobrado de un almuerzo de camaradería, y volvimos a nuestra realidad.

_Porque lo hizo cadete pregunté aquella vez, por qué no aprovechó en deshacerse de ese tonto especial?

_"Si tú de verdad quieres enseñarle algo a alguien, la peor manera es aplicando una sanción administrativa que lo perjudique, lo único que lograrás es que esta persona te guarde resentimiento en un futuro, en este caso él diría que en la Marina lo botaron, por alguna razón diferente, lo mejor es primero hacerles ver que cometieron una grave falta, pero que aun así, se le ha perdonado y se le ha dado la opción de rectificarse, si él es una persona con valores sentirá vergüenza y se enmendará, y si no, pues al menos te quedó la satisfacción de haberlo intentado, ya en algún momento el sistema mismo se encargará de él, el "Reglamento Militar" está hecho para cumplirse, y hacerlo cumplir, pero también es cierto que dependerá de ti aplicarlo con criterio, buen juicio, prudencia y madurez", solo así lograrás formar a alguien y no deformarlo a punta de arrestos y sanciones concluyó el cadete de cuarto año Arturo Barandiarán.

_Y cuánto me falta cadete para adquirir esa madurez, pregunté un poco ansioso, cuando sea cadete de primero?

_Uf! no hijo te falta demasiado, para mí, ningún cadete está calificado para tener esa responsabilidad de sancionar y arrestar, esa solo debería ser potestad única de los cadetes de cuarto año y eso.

_Porque dice eso cadete...pregunté preocupado.

_ "Ya te darás cuenta más adelante cachorro dijo, cuando ya no seas perro y seas un cadete ya no te castigarán físicamente, sino que en cada falta que cometas, se te arrestará según el reglamento, y tendrás a los cadetes de segundo, tercero y hasta algunos de cuarto que empezarán a usar esa varita mágica que se les ha dado, al que se le llama *"arresto"* para usarlo muchas veces sin juiciocidad, sin ningún afán de formarte, ni corregirte sino simplemente de manera mal intencionada, resentida, abusiva, te encontrarás con amargados, acomplejados, rubios que arrestarán al cholo, y cholos que arrestarán al rubio, cadetes que simplemente porque tu cara nos les cayó muy en gracia o porque no lo miraste bien y te jodiste, a partir de allí en adelante te aplicarán el reglamento por donde ellos encuentren la oportunidad, hasta que se gradúen y se vayan de la escuela".

Pasu!, pensé, las palabras del cadete de cuarto año Arturo Barandiarán calaron al fondo que me desmotivaron a seguir, tenía que ser mentira, no creo que todo lo que me ha dicho sea cierto, ojalá se esté equivocando o esté exagerando, pensé dentro de mí.

_Especial! había dos huevos duros que habían quedado de la otra mesa, especial!! no me contestaba el especial, especial! especial!! grité con fuerza dos veces más, pero se hizo al loco y se fue, maldito pensé, ya era hora de pararme de la mesa para ir a formación y a clases, los adoctrinadores estaban afuera, ya no quedaba nadie en mi mesa, no me quedaba más tiempo, me paré y me fui, y al irme no sé porque seguía pensando en esos dos huevos duros que se quedaban ...maldito espacial, gruñí.

Te esperamos compañero

Medina guardaba sigilosamente algunas cosas dentro de un maletín, prendas interiores, toallas, y algunos útiles de aseo personal, era curioso su comportamiento, estaba como tratando que nadie lo notara, pero yo lo miraba con detenimiento hasta que le pregunté, ¿a dónde vas con todo eso?, no me contestó, hizo como que no me había escuchado, solo seguía concentrado en lo suyo...se va a la enfermería el marica, dijo en tono suave y bromista Mauricio, que!!,no puedo creerlo! pero porque lo haría? porque se iría a la enfermería?..

_ Estoy mal de los meniscos dijo serio Medina como tratando de victimizarse.

_ y que carajos es eso, pregunté.

_ son como unas estructuras de fibrocartílago que se encuentran en el interior de la rodilla y sirven para amortiguar el peso, parece que la corrida de todas estas dos semanas me ha fregado.

_ pasu, recién teníamos quince días y ya se iba a internar a la enfermería, decía que hasta lo podrían operar si era algo grave.

Sonó un cornetazo para que todos los aspirantes bajemos a formar, era rara esa llamada, no era para comer, tampoco para inspección, estábamos en hora de estudios, por allí pasó Jaramillo y le hice una seña para que se acerque al camarote, cuando vino le pregunté qué pasaba porque estaban llamando, ¿que habíamos hecho ahora?

_dicen que han pasado inspección y le han encontrado a Ramiro García una bolsa con chocolates en su ropero y se los estaba comiendo en su camarote justo en la hora de estudios y por eso nos van a hacer pagar a todos.

_Y porque no le sacan la mierda a él nomas, que demonios tenemos que hacer nosotros con eso, pregunté medio fastidiado.

_porque dicen que cuando alguien la caga, toda la promoción lleva.

_no seas pendejo es en serio lo que me dices?

_así es loquito, baja nomas, dijo riéndose. A este todo le divertía.

Guardamos nuestras cosas en el ropero, y nos alistamos para bajar, Wilfredo se estaba limpiando los oídos con unos hisopos, Mauricio justo estaba estudiando el reglamento junto con Tejada, y Mario lo hacía también pero éste leía los himnos, al salir todos del camarote observé que Medina se quedaba, él no bajaría por estar en descanso médico, me acerqué para decirle bueno si no te veo más te deseo suerte, le estiré la mano y me la dio medio compungido de no poder estar con nosotros, tengo a mi virgencita que me cuida siempre me dijo, quieres verla?; no le dije, ahora no, me di media vuelta y me fui dejándolo en el camarote.

A todos los perros nos pusieron en posición de planchas, mientras esperábamos a nuestros compañeros, y a gritar todos así... *"te esperamos compañero, te esperamos compañero"* hasta que hayan llegado todos!...yo como nunca había llegado rápido para mi mala suerte y de arranque nomás el cadete adoctrinador nos colocó en esa posición, habían unos que se demoraron un poco pero otros que se tardaron un montón, y en esa posición parecería pronto una eternidad y hasta que no llegasen todos, nadie se levantaría, mis brazos ya empezaron a temblar hasta que al fin nos pararon a todos.

Al frente se pusieron todos los cadetes adoctrinadores, y nos dijo una voz seguida de otra:

_*"Ya les habíamos advertido a los perros sobre las cosas que pueden y no pueden hacer... pero parece que no les interesa!!!, parece que no quieren hacer caso!!, parece que les importa un comino las órdenes y disposiciones de la escuela!, parece que nadie ha leído su reglamento, ¡¡parece que sus adoctrinadores están por las puras"* y aquí todo el mundo hace lo que le da la reverenda y puta gana!!* ... pasu dije, hasta ahí ya me sentía todo un delincuente, que tal capacidad para hacer sentir mal, no podía creer que hubiéramos hecho todo eso!...

_ Aspirante García!! gritó la voz enérgica del cadete comandante Vílchez Concha. Proceda a salir de filas, le ordenaron.

El pobre García había cometido el terrible delito de haberse comido un chocolate, y por esa razón tendríamos que pagar por él, era básicamente para que él mismo se sintiera pésimo al ver a toda su promoción en frente de él en posición de planchas y ranas, pero lo peor de todo fue que a él no le hicieron realizar los ejercicios, precisamente para hacerlo sentir peor, lo sacaron al frente con su chocolate y lo hicieron sentarse en una silla a observar y le obligaron a comerse el chocolate en frente de todos nosotros.

_el castigo comenzó, realizábamos las planchas a las órdenes de los cadetes...*abajo, arriba, abajo, arriba*...una y otra vez hasta llegar a no poder más, los brazos los tenía entumecidos, era imposible que alguien siguiera, ya pasadas las 30 planchas eran brazos muertos.

_ pero seguirían las órdenes de seguir, decían a partir de ahora por cada falta que cometa un perro, toda la promoción será castigada...por uno pagarán todos, así que antes de cometer una falta piénsenlo bien, grujían los adoctrinadores.

Ya a partir de ahora antes de hacer alguna canchería vivaracha, rapaz, no solo debíamos pensar en nosotros si es que somos encontrados, sino en todo el grupo que se podría perjudicar, por nuestra culpa, ahora lo podía entender mejor. No es que sea un delincuente, sino que era la manera de hacernos sentir mal para lograr un impacto positivo después de esta enseñanza.

Una visita agradable

Dentro de los treinta días que normalmente dura el adoctrinamiento, se considera como parte importante de la formación, el recibir la visita de sus familiares, esta sería programada los últimos dos domingos de ese mes. Este acto era determinante en este proceso ya que puede alentar y animar a los aspirantes a seguir, había unos que ya habían tomado la decisión de irse, pero después de esta visita, cambiaron de parecer, sin embargo, había otros que rápidamente tuvieron una lectura propia de este sistema castrense y no hubo quien les haya hecho cambiar de parecer y sin terminar siquiera la semana, estaban de vuelta a su casa.

Los familiares eran los mismos que fueron a la ceremonia de ingreso, ya la cara de algunos de ellos se me había hecho bastante conocida, la mayoría tenía algún rasgo genético exageradamente marcado con mis compañeros, por ejemplo, el papá de Wifredo era igual de cabezón que él, la mamá de Mario parecía su clon, la familia de Mauricio eran blanquitos y flacos como él, parecía la familia real, sin embargo, me moría de ganas de conocer a la familia de Medina, pero no los veía. Los aspirantes que por alguna razón no iban a recibir familiares podían estar con sus demás compañeros acompañando.

Ya mis padres habían ido el domingo anterior, fueron con

Alberto mi hermano mayor y Alex de 9 años, el menor, el encuentro fue reconfortante abrazar a la familia y seres queridos después de esas tres semanas de horror, fue lo más gratificante que se pueda experimentar, no se puede describir ese sentimiento. Algunos se les caía las lágrimas sobre todo a las madres.

Nos programaron un paseíto con lancha por las inmediaciones de la playa Cantolao, de la Punta y al término cada quien podía dirigirse con su familia a caminar o sentarse en algún rinconcito de las instalaciones de la Escuela para abrir la merienda que ellos normalmente pueden llevar para sus hijos, unos llevaban comida preparada, gaseosas, Kentucky y todo tipo de sándwiches.

Me encontré con la familia de Medina!, estaban en un rincón con su papá que era igual de gordo y ojeroso que él y parecían estar con hambre los dos porque se devoraban algo que no podía alcanzar a ver creo que era pollo a la brasa, me miró y me hizo una seña como queriéndome presentar a sus padres, pero le hice un gesto como diciendo, después mejor, no quería interrumpir su privacidad familiar.

"Ya lo saben perros ah! nada de contar las cosas que pasaron aquí, todo se queda en casa", decían todos los adoctrinadores como advirtiendo que los padres no tendrían por qué conocer los detalles... *"los trapitos se lavan en casa"*, dijeron.

No me imaginaba contándole tampoco a mi pobre madre que con tanta ilusión depositó su confianza en la institución más prestigiosa del país, en cuanto a formación castrense se refiere, y decirle mamá me quiero largar de aquí me tratan como perro, me humillan, me gritan y sabe Dios que pasará cuando venga el Batallón; ni en sueños le podría decir eso.

_como te va hijito me preguntó ella toda ingenua.

_muy bien mamita, todo muy bien, hacemos ejercicios, nos enseñan muchas cosas navales, y los cadetes adoctrinadores son muy buenos, algún día yo seré como ellos.

_Que bueno hijito, se quedó tranquila y esperanzada en que su hijito iba a poder lograr el reto de terminar el año más duro que hay en la escuela naval.

Jaramillo se acercó; ¿tus viejos? dijo; ya vinieron la semana pasada, esta vez no podrán venir le dije; a este no lo había ido a visitar nadie, ni siquiera en la semana anterior, pero para no hacerlo sentir mal no le pregunté nada en absoluto, esperando que él me lo diga.

Mi viejita falleció cuando tenía ocho años, solo vivo con mi viejo, pero está de viaje, ni sabe que estoy acá, ¿has visto a esas dos flacas que están allá están solas vamos a computarlas?

¿Cuales? Pregunté

Esas, dijo señalando con los ojos.

Había dos chicas que estaban bien simpáticas, en realidad

todas las que habían ido estaban muy guapas y lindas la mayoría eran las hermanas de mis compañeros, pero también había muchas otras que les gustaba ir en mancha solo para conocer a los cadetes, pronto se les conocería como "cadeteras".

_creo que son las amigas de Patricio Arce, dijo Jaramillo; un compañero que vivía en la Punta y ellas eran sus fieles seguidoras, las chicas de la punta eran bastante simpáticas, habían ido a visitarlo la semana anterior y también estuvieron en la ceremonia de ingreso, también estarían en la fiesta, y en todos los eventos organizados por la escuela naval.

_ mejor ya vamos que ya va a terminar la visita le dije a Jaramillo.

La corneta sonó, era el término de la visita, todos los familiares se retiraron y ya no habría más visitas porque la semana siguiente sería el término del adoctrinamiento y al fin, nuestra tan ansiada *"primera salida de franco"*.

Primera salida de franco

Me terminé de ajustar el cuello del uniforme de parada blanco, nada que ver con el uniforme de cuartel, este era mucho más elegante, imponente, me veía como Richard Gere el de la película *"Reto al destino",* tenía sus botones dorados con un diseño naval americano, dibujándose en su interior un ancla, caponas negras con un ancla de bronce dorada sin la pita de cadete aún, ya que éramos aspirantes, el pantalón blanco, correa blanca con su hebilla dorada, medias blancas, zapatos blancos y guantes blancos, encima de todo su kepi o gorra de parada, con sus cintillos negros, escudo dorado, carrileras doradas y funda blanca.

Todo era de blanco que simboliza la pulcritud de quien la viste y lo tendríamos que usar durante la temporada de verano hasta cambiar al uniforme negro a partir del mes de mayo, era muy difícil no ensuciarse, ni bien te sentabas en una silla, el trasero se te ensuciaba, había que maniobrar con mucho cuidado para lograr salir y mantenerse impecable en todo momento.

Me veía bien en el espejo, una y otra vez nos mirábamos todos, Wilfredo era el más presumido, se miraba los pelos de la nariz, para sacárselos, y sus uñas estaban perfectamente cortadas, Mauricio se bañaba en perfume, Mario igual.

Entró Jaramillo al camarote, que lindas están chicas!, nadie le hizo caso, estaba con sus pelos negros parados, que vas hacer hoy día loquito, quieres salir con un par de amigas?

_que! estás loco... voy a estar con mi familia le dije.

_bueno te lo pierdes dijo y se fue destemplado.

"Preventivo de formación para todos los aspirantes para proceder franco"...se escuchó una voz que era la del cadete de guardia, por el altavoz general que se escucha en todos lados, a partir de ahora ya no se usarían más los cornetazos, sino que todas las órdenes se tocarían por el "anunciador general".

Este fue y será por siempre el mejor preventivo de formación para un cadete naval, a lo largo de su estadía en la escuela, la formación para su salida de franco.

En el ejecutivo ya todos estaríamos abajo en la explanada con todas nuestras cosas en un maletín, raramente no hubo ningún moroso, ya no haríamos planchas porque con este uniforme no se castiga a un aspirante, se le tiene como cierto respeto.

Terminada la inspección general, la cual era un martirio porque se le pasaba inspección a cada uno de los aspirantes y al que estaba mal vestido, lo sacaban de filas, claro que hoy se perdonaría eso ya que se trataba de la primera salida, pero en futuras ocasiones el cadete que estaría mal presentado, simplemente se le saca de filas, subsana su falta y vuelve a formar, pero luego de tres horas.

¡¡¡A la izquierda ...izquierda!!! resonó la voz del cadete adoctrinador que también estaban saliendo francos, y solo se quedaría la guardia que es un tema que comentaré después.

Al salir por la puerta principal, ya a partir de ese momento, estábamos al fin en la calle, muchos se iban con sus padres, otros se embarcarían en grupos de cuatro o cinco en un taxi, otros se irían en la 13 A que era el bus que tenía su paradero allí, y era bastante cómodo, se iba por toda la avenida la Marina que justamente era mi ruta, así que decidí irme en el bus, pero antes de embarcarme un auto se paró al costado y era Wilfredo con su papá y su hermana, adonde te vas preguntaron, a San Miguel dije, vamos te llevo dijo su papá.

Dentro del carro me senté junto a su hermana, estaba demasiado linda, como te llamas me dijo, Alan contesté, y tú, Carla me dijo, tu hermano es un maldito metrosexual se saca los pelos de la nariz, y se cuida las uñas y los oídos con hisopo; pero solo lo pensé.

Al llegar ya casi a mi casa, estaba en la esquina del parque la señora del puesto de periódico de toda mi niñez, tenía sus lentes gruesos, negros y grandes, siempre la he saludado, desde niño cuando iba comprarle esas figuritas del álbum *el porqué de la cosas*, o *España 82*, hasta de adolescente cuando me paraba a tomar el bus para irme al colegio justo en frente de su puestito, me miró y me reconoció de inmediato, me saludó emocionada con la mano y no sé porque yo le hice un saludo militar, todo robotizado, creo que estaba medio automatizado, mis manos las tenía rectas y estiradas, aún no me podía relajar, me acerqué y le di la mano, pero ella me dio un abrazo, te felicito muchacho! te felicito! me dijo, apretándome fuerte la espalda, fue literal la primera persona en recibirme con bombos y platillos, pensé.

Toqué el timbre de mi casa y me abrió mi madre, estaba en la cocina, mi papá y hermanos salieron también y cada uno de ellos me dieron ese abrazo fuerte y largo, reconstituyente, vivificante y reparador, algo que necesitaba, aquí no sería más un perro de mierda, sino, un "Señor" aspirante a cadete de la Marina de Guerra del Perú.

Caramelos y cigarros

Mira, le puse su radio, dijo mi papá.

_que bueno pa; que quieres escuchar, me dijo.

_cualquier cosa le dije.

_vas a estar bien?

_Claro que si pa, tranquilo.

Mi papá me llevaba a internarme a la escuela, era un domingo por la noche de regreso de franco, y sería a partir de ahora los peores días ya que a partir de las seis de la tarde, ya debías alistarte para el regreso, dejar de hacer lo que estuvieras haciendo y retirarte, más aún si estás en esas reuniones familiares, que la que a esa hora normalmente se encuentran en todo su esplendor, al menos en mi casa era así, no había domingo que no hiciéramos una parrillada o reunión familiar, me retiraba lógicamente con bastante desdén y bien sazonado también, sin llegar a la ebriedad por su puesto, sino sería una sanción muy grave de clase A, con treinta días de arresto. Me retiraba sin que esto sea entendido por algunos, que me insistían que me quedase, peor si tienes un tío bohemio que te pide que no te vayas para continuarla, en mi familia era el famoso tío Vitín, un verdadero bohemio de noble corazón y gran cabeza, aquel que sin ambages declaraba que solamente deseaba robarle un poco de inspiración a su tristeza; bueno al menos eso era lo que decía cuando recitaba siempre su poema favorito el "brindis del bohemio", pero mi mamá lidiaba con ellos y me terminaba sacando finalmente de la reunión, me entregaba mi maletín ya preparado con inclusive mis pañuelos almidonados que iba a usar en la revista de pañuelos para que no se arruguen y debía de como sea, meter un arsenal de caramelos y cigarros para estar abastecido para cuando te lo pidan, y ahora donde mierda lo meto, pensaba.

Estos no podían ser descubiertos, tenías que ser demasiado astuto, pillo, sagaz para ingresarlos camuflados y escondidos en lugares donde no pueda ser descubierto y saltear de manera engañosa, vivilla, tramposa, la inspección, por parte del Oficial de guardia, al momento de entrar por la puerta de ingreso, que era normalmente un Teniente Primero y éste que, ya ha sido cadete de cuarto año también, sabía perfectamente que los domingos de regreso de franco, los perros ingresarían con abundante mercancía no precisamente para ellos, sino para los de cuarto año, entonces por fregarlos, pasarían algunos, no todos, una exhaustiva, minuciosa y rigurosa inspección, con el fin de decomisar todo lo que sea posible. Al aspirante que se le encontraba, le preguntaban para quién era eso a ver si lo delataba, pero eso no pasaría nunca, el perro solo decía, *es para mí Señor!,* lo cual nadie le creía por supuesto.

Es que no solo eran caramelos, cigarros, sino también algún sándwich de esos especiales, pollo *broaster* de Kentucky, Bembos, Pizza que se lo llevabas a algún cadete que se había quedado confinado y no haya podido hacer uso de su franco, con esto supuestamente le levantarías el ánimo o la moral al cadete arrestado.

Estos que se quedaban arrestados no eran tontos, ya le habrían encargado a como veinte perros que le traigan algo, habían unos que se iban de camarote en camarote de los perros para avisar que por si acaso se estaba quedando, decía *"perros me estoy quedando, ya saben que hacer"*...y al regreso cada uno lo buscaría y le entregaría como si fuera su cumpleaños su encarguito, obviamente algunos no lo harán dirán que se lo quitaron en la prevención, pero sin embargo sí habrían otros adulones, franeleros, rastreros, lameculos que intentarán por todos los medios ganarse la simpatía del cadete de año superior con este tipo de cositas y harían lo imposible por meter esa mercancía como sea.

Pero no era así de sencillo, el ser descubierto por el Oficial, no solamente acarrearía una sanción disciplinaria por el tenor de *"intentar ingresar alimentos prohibidos a la escuela",* sino que había unos Oficiales que eran unos hijos de la chingada, que antes de revisar preguntaba: aspirante, ¿está ingresando alimentos prohibidos? ... y con eso prácticamente le ponía la daga al cuello al pobre aspirante ya que, si respondía que "no" y te encontraban la merca, por decirlo de alguna manera metafórica ya que parecíamos *"burriers"* tratando de ingresar droga por el aeropuerto, te llevabas gratis la peor sanción que había: "faltar a la verdad" y eso era una falta gravísima de clase A que la pagabas con 30 días de confinamiento y te malograba el legajo, un cadete solamente podía tener hasta dos ya en la tercera te sacaban de la escuela, por baja disciplinaria.

A un compañero mío lo arrestaron con ese tenor, como podía ser posible esa situación!, me decía, si el mismo sistema prácticamente nos obligaba a hacer esto, a quién le hacemos caso, al reglamento?, a los cadetes?, al sistema? quien nos forma, el sistema o los superiores, creo que la respuesta es obvia, los superiores están de paso y muchos de ellos también están en formación, muchos más adelante mostrarían su propia desprolijidad en su carrera y quedarían en el camino relegados, el sistema es el que está hecho para cumplirse en base a un reglamento, y eso está por encima de todos, y eso había que proteger, y no sancionando a un pobre aspirante en formación, aquí se tenía que lograr entrar en la raíz del problema, erradicando por completo esos hábitos, tontos e innecesarios, que no forman en lo absoluto al aspirante sino que por el contrario le enseña únicamente a burlar su propio sistema; por un momento traté de visualizar a Miguel Grau tratando de ingresar sus caramelos por la puerta y la verdad no eran compatibles, mi mente de inmediato rechazó la imagen.

Pronto se olvidarían de mi compañero sancionado, nadie lo recordaría como aquel aspirante osado, valiente y arriesgado que se la jugó y se inmoló por ser leal a sus cadetes superiores, al tener la boca cerrada y no decir nunca quien se lo había pedido, prefiriendo ser sancionado, aquí se demostraba claramente desde un comienzo quienes podían ser los futuros José Olaya, este *Mártir del Perú*, que prefirió que le corten las uñas y lo maten antes de hablar en contra de su país, solo muy pocos valorarían eso, pasaría su año sin pena ni gloria, recordado más bien como el perro tarado y estúpido que no supo hacer bien su labor, a diferencia de los otros que arteramente lograron burlar el sistema para poder congraciarse con sus superiores, ganar más amistades, esos tendrán la fama de buen perro.

Otros oficiales eran un poco menos severos y no sancionaban con "faltar a la verdad" sino le cambiaban por uno no tan grave como "tratar de sorprender a un oficial" el cual no era clase A sino clase B, pero igual repercutía negativamente en su foja disciplinaria.

Rivero era el teniente, el tipo era malo, todos le temían, le decían el cuco, no le importaba nada, arrestaba sin piedad y se fusilaba a cualquiera que encontrara en falta, sus favoritos eran los de cuarto, por eso cuando él estaba de guardia ya los cadetes ni pedían que le trajeran nada, otros se la jugaban, preferían arriesgarse a que no les revisen y poder pasar eso para una semana o dos de tranquilidad, a que no tengas nada y cuando te pidan estar pidiéndole a tus compañeros que te presten.

_ Bueno pa, gracias ya entro.

_Chau hijo, que tengas una buena semana, trata de aguantar tranquilo.

_Si, sí sé, me despedí con un abrazo.

Al entrar se iban formando grupos y luego se dirigían desfilando a sus respectivos camarotes, en la puerta estaba parado el teniente Rivero, mierda dije ya me fregué, uno a uno de manera ordenada iban entrando, pero esta vez solamente preguntaba a cada uno, ¿está ingresando alimentos?, algunos se horrorizaban y decían la verdad, ¡Sí Señor! ...y los mandaban a la prevención, decía que no iba a sancionar al aspirante que diga la verdad, otros decían No Señor! pero como era más vivo que todos, si el aspirante tartamudeaba o se le veía asustado lo mandaba igual a la prevención para revisarlo.

Está trayendo alimentos me tocó a mí, su cara de acusador, desconfiado me aterró, se sonreía y me miró fijamente a los ojos, así que respiré tres segundos y con todo convencimiento que hasta yo mismo me la creí dije No Señor!!...obviamente no me creyó y me dijo vaya a la prevención para revisarme...

...en la prevención dio la última oportunidad para poder decir si teníamos o no alimentos, cigarros o caramelos, tres de los diez que estábamos allí dieron marcha atrás en seguir con su mentira y sacaron todo lo que tenían, lo llevaban en la parte de atrás de su pantalón, otros en los zapatos, medias y fueron perdonados, pero perdieron su mercancía.

Usted, me miró fijo a los ojos y me volvió a preguntar, ¿tiene alimentos escondidos?, preguntó el teniente Rivero.

No Señor, dije con mi cara de farsante mentiroso, pero serio.

Por favor Diosito, que me crea, te lo pido San Martincito, Virgencita de Motupe, me lamenté de no querer conocer la virgencita que Medina me quiso enseñar, para poder invocarla, nunca había sido tan católico como en esos momentos, que me crea, que me crea, que me crea por favor,... tenía la bolsita de caramelos y una cajetilla de cigarros Marlboro rojo, pero estaban debajo de mis genitales, era imposible que me revise allí, sentía aun el dolor que producía el plástico de la bolsita de caramelo y la parte puntiaguda de la cajetilla de cigarros que hacían bien su trabajo allí abajo...

_ ok puede irse, me dijo!

no puedo creer que lo haya logrado, pude pasar esa requisa, al llegar a mi camarote saqué todo y lo guardé al fondo de mi ropero para que nadie lo vea, estábamos ya de regreso todos en el camarote, nadie de ellos trajo nada ya que sabían que estaba el teniente Rivero.

_Como se llama tu Virgencita le pregunté a Medina.

_porque me dijo sonriendo.

_por nada solo dime...

Ingreso del Batallón

Al día siguiente, todo se vería diferente, la escuela estaría poblada de cientos de cadetes, más o menos cien cadetes por promoción, es decir quinientos aproximadamente en todo el Batallón, dispersos entre aulas, camarotes, comedores, casinos, salas de tv, Gimnasio, auditorio, áreas deportivas etc. y por ser perro había que saludar gritando a cada uno de ellos al momento de pasar por su lado; buenos días cadete! buenas tardes cadete! se escuchaba por toda la escuela, había unos que por fregar si por alguna razón creían que no estabas gritando lo suficiente, te llamaban y te volvían a hacer pasar para volver a gritar el saludo.

Los cánticos para correr por las mañanas se escucharían mucho más fuertes, cada grupo o año cantaba lo que quería, pero siempre tratando de hacerlo mejor que las demás promociones, ese espíritu de competencia entre promociones se daría a partir de ahora y para siempre.

El comedor estaría repleto, con sus especiales dando vueltas de aquí para allá como locos, las mesas estaban mezcladas por años, es decir tenía que haber un cadete de cuarto a la cabeza y los demás debían ser dos cadetes de tercero, dos de segundo, dos de primero y tres aspirantes, las voces y el murmullo en el comedor se escucharía mucho más fuerte, pobre especial, pensaba.

Las aulas estaban llenas como nunca, con sus respectivos profesores en su mayoría civiles. No se podía transitar aislado para no parecer una universidad así que, para mantener vivo ese espíritu castrense, se tenía que formar grupos de mínimo cinco cadetes para ir marchando a cualquier lugar, así que se veían grupos marchando por todos lados.

Por las tardes los deportes eran solo un par de vueltas y luego cada cadete procedía a su respectivo equipo, había bastantes equipos, unos tranquilos, y otros muy competitivos en la que su exigencia física sería muy dura.

El equipo de Remo era el más fuerte, ellos se tenían que levantar antes que todo el Batallón o sea a las 4:45 am y empezar su entrenamiento ya sea en tierra o en el agua, luego venían los demás como pentatlón, natación, atletismo, básquet, vóley, judo, lucha libre, taekwondo , luego los más relajados como futbol, frontón, esgrima, vela, había que pensar bien a cuál de todos ellos escoger, me tentaba mucho la idea de remo pero estaba "la bestia" como jefe del equipo corría demasiado y sus integrantes eran los gigantes Cavero, Coronel, Nieri, Olivas, era sabido que los de remo metían a los perros que no tenían caramelos a la poza de cabeza, a esa hora de la madrugada, por eso me aterraba la idea de que hagan eso conmigo.

Los de natación se metían a la piscina horas de horas a nadar, no había forma; los de lucha libre se apalancaban y trenzaban con sus cuerpos sudorosos sin polo en el Tatami, colocándose uno detrás del otro en una posición que la verdad prefería evitar.

Atletismo había que tener ya desarrollada cierta habilidad, no podía aventurarme a pretender competir en disciplina como lanzamiento de bala o jabalina cuando en mi vida había agarrado una de esas cosas; vóley era muy chato; básquet era un inútil; futbol imposible, habían unos cracs como el chino Gutiérrez, Morán, Zelada, así que seguro estaría de recogebolas, taekwondo imposible no podía levantar la pierna hasta la cabeza, a las justas llegaba a mi cintura, en sus entrenamientos se abrían de piernas de tal manera que me hacía desistir de la idea; vela era muy relajado, sacabas tu embarcación de clase Light Ning o Sunfish y te ibas a navegar por la inmediaciones, de la playa solo que había cero esfuerzo físico, y no era lo que buscaba.

_Qué equipo escogiste me preguntó Medina.

_Judo escogí, creo que remo será para el próximo año, que se vayan la bestia y los gigantes.

¿Y tú? Pregunté; esgrima, junto con Tejada, contestó.

¿Y tú Mauricio?, siguió preguntando Medina a todos.

Vela dijo.

¿Y tú Mario?, natación dijo.

Wilfredo no tenía ningún equipo, eran de los que corrían de manera independiente y usaban el gimnasio, para formar y tonificar su figura.

Al terminar la primera Diana deportiva con todo el

Batallón, cada uno de los perros teníamos que ir a presentarnos a nuestros respectivos "patrones" que son cadetes de cuarto año que estarían a cargo de nuestra formación hasta terminar el año, y eso consistía en orientarlos, motivarlos, asesorarlos, enseñarles, evitar que se vayan de baja, ayudarlo en algún problema, defenderlo de algún cadete abusivo, lo mismo que un tutor, eso si el cadete de cuarto año lo entendiese así, porque muchos creerían que a cada uno de ellos, la escuela naval le asignaría en honor al mérito de haber llegado hasta el último año en la escuela, un perro aspirante para ser usado como su esclavo particular a fin de que éste haga todo lo que su amo le dijese, tender su cama, prepararle el refresco, llevarle los maletines, ordenarle el ropero, recogerle la ropa de lavandería, sacarle brillo a sus bronces, entre otras cosas, había que tener suerte para que a un aspirante le tocase un patrón, bueno en todo el sentido de la palabra, con carácter fuerte, temple, y sobre liderazgo para al menos hacerse respetar entre sus propios compañeros.

¡Buenos días cadete, aspirante Alan Ferrari presente! me presenté gritando a viva voz al camarote donde iba a encontrar nada menos que a mi patrón!, estaba nervioso, tenía miedo, será bueno, malo, líder, lorna..? todas esas preguntas me las hacía mientras estaba ya cuadrado en la puerta del camarote F-457.

Pude ver que ya habían algunos de mis compañeros allí adentro tendiendo las camas de sus patrones, hola hijo! me dijo muy amable un cadete del camarote, en su placa decía L. Vera, pero le decían el *Cheti* era alto, delgado, medio achinado, se le veía muy buena gente, pero a veces se reía como psicópata y daba miedo, a partir de ahora te vas a presentar de esta manera me dijo: ..."buenos días cadetes, aspirante cara de loco presente, permiso para ingresar al templo donde viven y moran los Dioses del Olimpo los mismos que visten y calzan"... al principio pensaba que era una broma así que me sonreí un poco y en ese momento me cayó un lapo por atrás de otro integrante del camarote, a este le decían el Mostreco por sus no tantas cualidades atractivas, en su placa decía A. Márquez, "nunca te rías cuando un señor cadete de cuarto año te dé una orden perro"...a lo que aterrado grité, comprendido cadete! a partir de entonces esa sería la manera correcta de presentarme a ese camarote.

...Pasa perrito guau guau! me dijo otro, que parecía un poco tontín, pero se le veía noble, tierno, en su placa figuraba F. Lavado, luego en una esquina apoyado a su cama, mirando la foto de su enamorada, estaba otro que se sonreía, pasa perro pasa, no veía su placa pero este debía ser Peto, decían que era buena gente, de frente me bautizó como *"Pez"* no sé porque, al menos prefería pez que perro, y para finalizar de describir a esta temible banda más al fondo estaba uno rubio de ojos azules, cara de ruso, estaba sin polo haciendo barras, sus músculos se notaban por todo su cuerpo, a este le divertía sacarse sus zapatillas luego de haber corrido y ponérselas en la nariz de cada perro que estaba en el camarote, a ver qué cara poníamos luego de aspirarlas.

_qué tal? hijo, decía con cara de Diablo.

_Muy bueno cadete teníamos que decir, yo al menos no las llegaba a aspirar, hacía como dicen, la finta de que las había olido. Él era el más loco de todos, como era campeón mundial de taekwondo Inter militares, le gustaba jugar con los perros poniéndolos como si fuéramos saco de boxeo, y practicaba sus patadas en nuestro pecho, a lo que teníamos que ponernos lo más fuertes posible para evitar terminar lanzado hasta la pared, al final todos acabábamos tirados en el piso por la fuerza brutal de su patada.

_saluda a tu patrón el "muy muy" dijo el Cheti en un acento burlón, no quise saber por qué.

Allí estaba sentado mi patrón, observando todo lo que me hacían, no dijo nada solo me miró y me dio todas las indicaciones que a partir de ese momento debía hacer, tender su cama por las mañanas darle su refresco de sobre preparado de agua del caño, mantener ordenado su ropero y encargarme de su encargaduría del día.

Al terminar de realizar las cosas en el camarote de nuestros patrones nos quedaban solo diez minutos para ir a los nuestros, bañarnos lo más rápido posible, tender nuestras camas y realizar la limpieza que nos tocase ese día. Al llegar a mi camarote ya casi todos mis compañeros habían acabado sus cosas, pero yo no, yo recién llegaba, no tuve suerte, pensaba, me tocó un camarote de patrones de locos dementes de mierda decía, que mala suerte; a partir de esa mañana y todas las demás serían iguales, los aspirantes de aquel camarote de cuarto, así como la de otros tantos más también probablemente, tendríamos que ser el doble de rápido que mis otros compañeros para realizar nuestras tareas diarias y no llegar tarde a la formación y no ser sancionados por "Moroso". Claro que había algunos cadetes de cuarto año que iban a la formación donde estaban los morosos y sacaban de filas a sus respectivos perros y los libraban del castigo ya que había sido culpa de ellos, pero... mi patrón haría lo mismo?...

Un buen pacto...

El comedor como siempre estaba repleto, la mesa que me tocó era la número 29 y estaba justo al fondo, allí donde los mamparos estaban malogrados y corría demasiado aire, había caras nuevas, estábamos ahora con los cadetes de tercero, de segundo y de primero en la mesa.

Todos estaban serios, rígidos, callados, creo que era el nerviosismo de ser el primer día con el Batallón, en el centro del comedor había una mesa pequeña como para cuatro personas a la que se le llamaba *"la mesa chica"* donde pasaba rancho el teniente y el cadete de cuarto de guardia de ese día, el cadete comandante del Batallón Vilchez Concha y un cadete invitado.

...algún día estaré allí sentado en esa mesa, como todo un flamante cadete de cuarto año, con mis cuatro pitas, pensaba, ya dejaré de ser un perro, perro, perro!!...

...perro!... reaccioné me había quedado un momento pegado, fantaseando y no me había dado cuenta que me llamaba un cadete de la mesa, era de primer año, su placa decía J. Huby era blanco, castaño de acento charapa, te gusta el postre? me preguntó, ¿y tú que crees? le quería decir, pero solo contesté si cadete, su pregunta no me daba muy buena espina, seguramente traía una trampa y me quedaría sin postre.

Mira te hago un trato si quieres perro, siguió el cadete de primero, yo te doy mi entrada y tú me das tu postre, sin ver lo que van a servir, y lo hacemos durante todo el año, que dices...

La oferta estaba tentadora al menos no me dijo que me iba a quitar el postre, no podía hacer eso ya que los demás se darían cuenta de su abuso de autoridad, así que me lo planteó de esa manera.

A mí no me gusta el postre ni el dulce prefiero siempre algo salado que algo dulce, así que le dije que sí, que sí aceptaba así que a partir de ese almuerzo hasta fin de año todos mis pies de limón, de manzana, plátano con miel, fresas con leche condensada, melocotón, gelatina y demás, las intercambiaría con mi nuevo amigo el cadete Huby que me entregaba a cambio su pastel de acelga, ocopa, causa rellena, papa rellena, ensalada mixta y así comería doble entrada a cambio de mi postre.

_jajajaja soltó una carcajada moderada el cadete

_que piña eres perro mira lo que hay de postre

Cuando mire estaban los especiales trayendo el postre para colocarlos a cada uno en la mesa, y me di cuenta de que eran tres bolas grandes de helado mixto.

_que piña eres perro, pero si quieres empezamos desde mañana para que veas que soy buena gente.

No cadete no se preocupe, le dije, empezamos desde hoy

El cadete se sorprendió por mí, según él, mala decisión, o quizás pensaría que me quería congraciar con él, pero es que en realidad había observado que de entrada había un generoso y cautivador plato de lasaña de carne a la boloñesa y queso parmesano como de cuatro capas, y no estaba dispuesto a perdérmelo.

_Ah! vivaso te crees perro ...exclamó sorprendido el cadete

Por un momento pensé que desistiría de nuestro pacto, pero se rio y me entregó su plato de entrada diciéndome un pacto es un pacto, a cambio le entregué mi plato de helado y así fue por el resto del año, sin importar lo que viniera, a veces el postre era mejor que la entrada o al revés, pero ya sabíamos que teníamos que cruzar platos en la mesa antes de comer, y de esa manera tuve a mi primer amigo de primer año en la mesa.

_hola chicos, les conté a todos en el camarote acerca de mi nuevo amigo con el que había hecho un pacto en la mesa.

_Y tú crees que será así con todos? dijo Medina con cara de afligido.

_porqué que ha pasado pregunté, no nada dijo, solo estaba comiendo y de pronto vino un cadete de cuarto por atrás y se llevó mi entrada, matándose de la risa con una cara de loco que te da pavor verlo creo le dicen "The Flay", o sea la Mosca.

_jajajaja solté una carcajada, que fea chapa dije tratando de levantarle el ánimo.

_es que, en verdad sí se parece a una mosca dijo ya más tranquilo, espero que no te lo cruces por allí, dicen que se levanta cualquier plato de cualquier perro que lo mire y se lo lleva, haciendo el zumbido de una mosca.

_bueno al final la entrada estaba monse no tenía mucho queso parmesano. Traté de consolarlo.

_Claro y te comiste dos por eso dijo; bueno al final estás demasiado gordo y ya es hora que empieces a bajar de peso comiendo menos, así que agradécele a ese tal la mosca, terminé.

Viernes de cine

Wilfredo y Tejada estaban en el camarote esperando que toque la formación para asistir al Auditorio, a ver la función cinematográfica, todos los viernes había esta rutina a las 8 de la noche y era voluntario para los cadetes, pero obligatorio para los aspirantes. Las películas podían ser a veces muy buenas y se dejaban ver con emoción y suspenso pero otras veces eran demasiado aburridas, sea como sea era un momento perfecto para que un cadete pueda dormir sin que lo vieran, ya que estaba a oscuras, y antes de estar en rutina de "*estudio*" en sus camarotes, mil veces preferían dormir en el cine, salvo sea uno de esos cadetes académicos que preferiría lo primero. Los aspirantes también disfrutábamos de ese momento para desplomarnos en la butaca a partir de que se apagaban las luces.

Algunos se quitaban hasta los zapatos, yo lo hacía y nadie se daría cuenta de ello, los de cuarto pedían caramelos a los perros para disfrutar mejor de sus películas, en realidad no solo los de cuarto también había cadetes a los que se le llamaban "*los cancheros*", que eran esos osados que les gustaba caminar siempre al filo del sistema, y les gustaba pedir los servicios de algún aspirante, arriesgándose a ser descubiertos y ser arrestados.

_ Vamos a sentarnos juntos le pregunté a Wilfredo; no

puedo mi patrón me ha pedido que me siente a su lado para proveerle de todo, respondió en un tono un poco fastidiado, a ti no?

_ No. Así que llevaré unos diez caramelos y si nadie me pide me los comeré yo, le dije.

Las luces se apagaron y al instante se escucharía el sonido de los asientos resonar al recostarse en ellos, así como de los cientos de bolsitas de caramelos abrirse, me había sentado en la parte de atrás para que nadie me vea dormir, los aspirantes normalmente andaban con sueño por la excesiva carga física diaria que tenían y siempre buscarían el mejor momento para poder dormir, así que me recosté y cerré mis ojos para al fin poder hacerlo.

...perro! ¡perro! ... alguien me jaló la oreja izquierda y me dijo ...caramelo perro, tiene o no? No podía ver quién era o de que año era, solo le dije si cadete en voz baja para no hacer bulla y procedí a darle uno, luego escuché que se reía diciendo gracias perrito!...

Jajajaja soy yo idiota, no podía ver bien solo unos dientes blancos nada más hasta que él mismo me dijo...soy Jaramillo tarado, gracias por el caramelo, me puedo sentar acá?

_Ya te sentaste le dije.

_jajaja ese mi loquito lo máximo, está buenazo el caramelo.

Con Jaramillo al lado iba a ser imposible poder dormir,

siempre hablaba se reía hacía bromas, y era *"Bomba"* es decir que atraía los problemas y si estas cerca de él, fácilmente te podría salpicar sus esquirlas.

Sacó de su bolsillo unos chocolates princesa, que jamás se me ocurriría comer, si me encontraban con eso iba a estar muerto no solo yo sino toda la promoción, no quería pasar lo mismo que pasó a mi compañero Ramiro García.

Estás loco! guarda eso nos vas a cagar a todos, le dije asustado.

_ no pasa nada tranquilo loquito no seas miedoso, aquí nadie te va a ver, me dijo.

_ y cómo has metido eso?

_para que veas, se ufanó de su canchería.

Comimos sus chocolates y mis caramelos mientras vimos la película, al principio estaba bastante nervioso, pero poco a poco iba entrando en confianza, ¿no tienes más? ...le pedí, ya había perdido el miedo.

El otro viernes traigo y nos sentamos acá atrás...prometió.

Ya está bien quedamos así entonces, le respondí.

Al terminar la película todos nos pusimos de pie para salir de manera ordenada, lo hacíamos por años y se iban desfilando al edificio Grau para proceder en rutina de "silencio" y descansar al fin, al día siguiente sería salida de franco, así que la gente estaba bastante entusiasmada;

un cadete de cuarto se acercó a mi antes de salir y me pidió caramelo; no tengo cadete le respondí, lamentándome de haberme tragado todos, y tu perro? le preguntó a Jaramillo, tampoco cadete le respondió.

_perros de mierda no tienen nada no sirven para nada, increpó con fastidio, pónganse en ranas carajo los dos, se van a ir raneando hasta el edificio.

Nos fuimos raneando hasta el otro lado de la explanada, había que bordear el campo de maniobras para poder llegar, mis piernas ya no daban todo el Batallón había llegado, pero había solo dos perros raneando que éramos Jaramillo y yo, realmente sería bomba? pensaba mientras saltaba a la siguiente posición, cual rana.

¡Ese desgraciado! murmuraba Jaramillo, acaso no puede tragar sus propios caramelos, acaso no tiene perro, porque mierda nos tiene que pedir a nosotros, requintaba.

_ya cálmate le dije tratando de apaciguar el castigo, estirando de vez en cuando las piernas para poder llegar.

_hay cadetes que no les gusta joder a sus perros, sino que usan a otros, a los suyos los protegen, pero se divierten con los demás, si no tienes un patrón con huevos para que te defienda te jodiste, te van a pasar por encima, terminó.

Sus palabras me asustaron, pensaba si mi patrón tendría esos atributos.

Al llegar nos pusimos de pie y a la carrera nos dirigimos a nuestros camarotes tratando de ser inadvertidos pero una voz estruendosa se escuchó...perros! vengan los dos.

Era el cadete de cuarto año Cavero, una bestia humana, que medía como 2.05 mts. de alto, del equipo de remo, campeón internacional, medallista en atletismo, lanzamiento de bala, la palma de su mano abarcaba toda mi cabeza, vengan los dos dijo con su voz entre gruesa y afónica.

Nos acercamos temerosos sabiendo que ya habíamos perdido, alguna maldad iba a haber seguramente.

_llévenme a mi camarote dijo.

_comprendido cadete! dijimos en el acto.

Tratamos de cargar a esa bestia y pesaba fácil una tonelada, sentía que cargábamos una refrigeradora de dos puertas, pesaba demasiado, pobre de ustedes que me caiga carajo! gritó el cadete. No cadete le dijimos, así que le pusimos toda nuestra fuerza para subir peldaño tras peldaño, parecía una eternidad, no avanzábamos, al llegar al fin a la segunda cubierta le preguntamos cuál era su camarote, y dijo como no saben!! 407 perros, los Dioses estamos en la cuarta cubierta, dijo riéndose.

Cuarta cubierta! ¡¡¡por Dios!! iba a ser imposible, el desgraciado vivía en el cuarto piso así que fue literal una masacre a mis brazos y piernas que ya no daban, si tan solo no hubiésemos venido raneando quizás hubiese sido un poco menos difícil, pero no, no había piernas.

Llegamos hasta su camarote y lo soltamos dentro, nos

metió un par de lapos en el cuello a cada uno como agradeciendo por el servicio de taxi personal y nos dejó ir. Estaba con el uniforme arrugado, sudado, los pines de mi placa se rompieron, quedamos hechos una desgracia, creo que ya me estaba creyendo más eso de que Jaramillo era Bomba. Nos fuimos al camarote y estaban todos dormidos, eran más de las 11 de la noche y estaba sudando, necesitaba una ducha, pero eso iba a ser imposible, así nomás me tuve que meter a la cama, apestando a perro.

_que pasó estas bien? dijo en voz muy bajita Medina, porque te demoraste.

_nada, solo me quedé conversando con mi patrón.

_Ah ok. Hasta mañana.

_hasta mañana.

el pollo

La cafetería de la escuela naval era uno de los concesionarios más conocidos en el ámbito naval, tenía más de veinte años allí, atendiendo a todos los cadetes del Batallón, con sus clásicos sanguches de pollo, hamburguesas, chorizo y el tradicional *"completo"* que era un mixto de jamón y queso más un huevo encima, papitas al hilo y abundante mayonesa, mostaza y ají que uno se podía servir a discreción.

El nombre del señor que atendía nunca lo supe, solo sé que era un señor cincuentón que le decían el pollo, y había visto desfilar a cientos de perros, cadetes, oficiales que luego se convertirían en comandantes y almirantes, trabajaba siempre con su hijo Marco que si le gustabas te podía fiar o hasta regalar sanguches y dos chicas Flor y Selia, que eran poco agraciadas las pobres, pero que dada las circunstancias, en algunos casos cuando algún cadete por alguna razón tenía un confinamiento largo sin salir a la calle, ya a Flor se le veía por alguna razón diferente, no puedo negar que en algún momento yo también fantaseé con ella.

_loco que haces?, entró al camarote la bomba Jaramillo, Wilfredo y todos se pusieron nerviosos cada vez que me buscaba.

_nada aquí sacando brillo a los bronces de mi patrón, hoy es miércoles y los miércoles hay ejercicios militares, para ensayar para la gran parada militar del 29 de Julio, le recordé.

_vamos donde el pollo te invito un completo.

_que!! estás demente o que, le dije sorprendido de su audaz propuesta.

_ Mira ya han pasado tres meses con el Batallón, ya los aspirantes podemos ir a la cafetería he visto a algunos allí, vamos no seas marica.

Comer un completo del pollo no estaba para nada mal la propuesta, pero era también muy audaz y peligrosa, eran muchos los cadetes que iban a la cafetería a comer, bueno finalmente acepté la invitación y fuimos.

Nos paramos en la puerta de entrada, teníamos que pasar primero un hall grande con sofás, sillones y sus mesitas de centro con un jarrón chino y sus ceniceros cada uno, la pared estaba llena de cuadros con la foto de todas las promociones graduadas desde que se creó la escuela naval, allí se sentaban los cadetes a conversar, también estaba permitido fumar para ellos en esa área, estás seguro de lo que vas hacer le pregunté por última vez antes de entrar.

_Claro, mira hay que caminar de frente sin mirar al costado con cara seria, saludando fuerte y ya, en diez segundos habremos llegado, dijo.

Bueno eso hicimos a la cuenta de tres, caminamos rápido,

pero en el hull había unos cadetes de cuarto que de inmediato me llamaron, me pidieron cigarro, felizmente tenía, saqué mi cajetilla de Marlboro rojo que para ingresarlo casi pierdo un testículo y para que lo hice, todos se me abalanzaron al verla, le tuve que dar a uno luego al otro y así me gasté casi toda la cajetilla repartiendo en ese momento, Jaramillo logró pasar.

_muy bien perro me felicitaron, me metieron un lapo en el cuello y me dijeron anda nomás.

Me dirigí hasta la barra y estaba llena de cadetes de todos los años, pero más eran los de primer año, a éstos se les conocía como perros con pita, ya que acababan de dejar de serlos solo unos pocos meses atrás, y tenían sed de desquitarse con los perros nuevos para al fin sentirse unos señores cadetasos, eran de quienes teníamos que cuidarnos más, normalmente las fricciones y rivalidades se generarían entre los cadetes de años contiguos.

_Todo bien? preguntó Jaramillo.

_Si, solo me gané un lapo y perdí mi única cajetilla de Marlboro, nada más.

_No seas llorón, yo tengo en mi ropero por si te falta, vamos a pedir.

Nos acercamos a la barra tratando de pedir, pero todos los cadetes gritaban como locos tratando de hacer su pedido pollo! pollo! pollo! Flor! Flor! un completo!, una gaseosa, Marco! Marco! Pollo!, era todo un laberinto, un escándalo...

Pollo!! lo llamé moderadamente, pero mi voz inmediatamente se desvaneció entre tal griterío, pero justo por mi sector se acercó Marco y me dijo que quieres, que suerte dije, un completo le pedí, y no me había dado cuenta que al cadete de primero que estaba a mi lado aún no lo habían atendido, y este se llenó de rabia y enfurecido con cara de fastidio me dijo:

_aspirante! después se me presenta a mi camarote!!!...me dio la orden, es decir que tenía la obligación de buscarlo a su camarote, para recibir seguramente su sermón, o ser castigado con planchas y ranas, o si él lo decide, sancionarme con arresto, pero normalmente eso no sucedería, el castigo sería físico.

Era todo un tema cuando un cadete de año superior te ordenaba presentarte, tenías que ir con el nombre completo de memoria, tanto suyo como el de todos los integrantes de su camarote, porque de todas maneras lo iba a preguntar y era obligatorio saber y conocer de memoria el nombre completo de los cadetes de año superior, es decir de los cuatrocientos cadetes, ya habían pasado tres meses y los cadetes empezarían a ponerse cargosos con ese tema de la identidad, el que no supiera completo de manera correcta, sería sancionado por desconocer el nombre de un superior.

_comprendido cadete! le dije, inmediatamente observé su placa tenía un nombre medio raro decía Luis ABT, tenía un aspecto un tanto agrio, arisco, cara de provinciano, su cabello era castaño casi rubio y ojos verdes, pero un verde cajamarquino, natural de Chota, de hecho, su acento así lo demostraba, luego Marco lo atendió al darse cuenta que me había comprometido al atenderme a mí primero.

Luego que al fin me dieran mi "completo", me fui donde estaba Jaramillo y antes de llegar a él, observé al "Crudo" pensé que me iba a poner de saco de box allí pero no, su cara cambió cuando vio mi sanguche, estaba con sus amigos y me dijo: ven perro ven...una mordidita se puede o no?, si cadete tuve que decir, así que se acercó y abrió su enorme boca para tragarse por lo menos un poco más de la mitad de mi completo, se quedó con los cachetes inflados y me palmoteó la espalda, agradeciendo con la boca llena, gracias perro, luego el "mostreco" que estaba a su lado hizo lo mismo, pero no tan exagerado como su compañero, este fue al menos más prudente, y cuando me fui con Jaramillo a terminar de comer, ya solo me quedaba un miserable trozo de pan con un poquito de papitas al hilo, hijos de p... pensé.

_larguémonos de acá esto no me gusta, perdí mis cigarros, me gané un par de lapos, tuve problemas con un cadete de primero y encima se tiraron mi sanguche.

_jajajaja pucha eres salado loco, que cadete te ha dicho que te presentes luego?

_Luis ABT le dije, habla medio raro, parece como provinciano. _pala ya te jodiste, ese tío es descriteriado, si se te prende te jodiste, te va a agarrar de punta, su nombre es Luis ABT no me acuerdo su segundo apellido. _todo porque Marco me atendió a mi primero antes que a ese mostro, le dije.

_vas a tener tu primera punta, caballero afílala nomas.

La *"punta"* es ese cadete que se te prende y te hace la vida imposible estando detrás de ti, arrestándote todo el tiempo cada vez que te encuentre en falta, no hay forma de revertir eso, pareciera que tuvieran cierto complejo porque realmente es un odio incomprensible que se genera en una persona, de la nada, afilarla significa hacerlo renegar, contestándole de manera cachacienta, un poco

airada, con mirada también de desprecio igual que él.

_ Yo tengo igual mis puntas no eres el único, los de primero son los más jodidos luego los demás no tanto, dijo Jaramillo.

Regresé al camarote estaba Medina sentado leyendo creo su biblia, me senté, abrí mi gaveta saqué cualquier libro y me puse a leer.

_que tal tu completo.?

_ buenísimo, le dije.

Fin de semana arrestado

"Buenas tardes cadete, aspirante Ferrari presente, permiso para hablar con el cadete de primer año Luis Nicanor ABT Gonzales", ya me había aprendido de memoria el nombre completo del cadete a quien me iba a presentar. Esta era la forma correcta de presentarse a un cadete de año superior, tenías que cuadrarte en la puerta de su camarote y decirlo con voz fuerte y enérgica, esta es la parte más desagradable para un cadete durante su estadía en la escuela, a nadie le gustaba ir a presentarse a un cadete de año superior, era obvio que si lo tenías que hacer, era porque éste te iba a informar de manera formal, que te iba a sancionar con un arresto, al menos entre cadetes era así, a los aspirantes se les podía dar el privilegio de ser sancionados físicamente, con incontables planchas y ranas y se libraban del arresto, ya que aún estábamos en formación y tendíamos a equivocarnos constantemente, o la rutina pesada y agobiante nos hacía descuidarnos de manera involuntaria, en mucha otras cosas más.

Estaba preparado para en caso me pregunte su nombre completo para hacerme caer, tenía ya en mi mente el nombre completo no solo de él, sino también de los otros cinco integrantes de su camarote y mis brazos ya luego de tres meses habían tenido un crecimiento muscular importante, fácilmente me diría que haga veinte planchas y yo le podía regalar treinta más, en realidad ya me podía hacer tranquilamente unas cincuenta planchas sin parar.

Al momento de presentarme, todos los integrantes de ese camarote inmediatamente se voltearon hacia mí, como gallinas alborotadas, excitadas, a mirar de manera curiosa de que perro se trataba, parecía que nunca en su vida habían visto a un aspirante, bueno obvio que no, ellos fueron los últimos perros antes que nosotros.

Se acercó el cadete hacia la puerta con una libretita azul y un lapicero negro.

_deme su nombre completo y número de CIP, que era mi código de identificación personal, que nos lo dieron al momento de ingresar, algo así como mi número de DNI.

Le di mis datos, me dijo que me estaba sancionando por falta de cortesía, por haber hecho el pedido de mi "completo" a Marco en la cafetería antes que él. No podía creerlo, me iba a sancionar sin planchas sin nada solo arresto, ahora entendía cuando me decían sobre los cadetes arañados, son esos que al ver una falta, parece que sus hormonas se excitan y revolotean tanto que inmediatamente sacan la libretita para sancionar, sin un previo juicio o análisis de porque es que el subordinado ha cometido esa infracción, si fue voluntaria o involuntaria, si fue descuido o no; mi falta obviamente había sido involuntaria, ya que Marco se me acercó a mí y no a él, en ningún momento lo atrasé, pero eso no le interesaría a este tipo de cadetes, así que me dijo que me estaba sancionando con ese tenor que proceda a retirarme.

Antes de irme salió uno de sus compañeros, me preguntó su nombre y se lo dije completo, luego salieron otros dos a preguntarme lo mismo y otro para pedirme un cigarro, por Dios! estaban como locas, calma chicas calma, para todas hay fantaseaba.

Cuando me retiré al fin de ese panal de abejas, me dirigí corriendo a mi camarote para refugiarme, era el único lugar donde puedes ocultarte y pasar perfil bajo sin estar exhibiéndote en la cafetería del pollo con tu completo, que pelotudo y tarado, nunca debí ir y menos con la bomba Jaramillo. Estaban algunos allí conversando entre ellos Medina, Mario y Mauricio estos sí que sabían lo que era ser perfil bajo, les conté que me habían sancionado por primera vez.

_Te lo dije, tienes que cuidarte de los de *primero*, no vez que son aún perros con pita y están ansiosos de por primera vez poder arrestar, y nosotros somos los primeros a quienes pueden hacerlo!, hasta que vayan entrando más y más promociones, los siguientes años, mientras tanto, a los únicos que pueden joder es a nosotros, dijo Medina.

Ahora entendía por qué se abalanzaban como avispas en ese camarote.

_pero dile a tu patrón, él puede ir y hablar con el cadete y te *"cabronea"* el arresto, dijo Wilfredo.

Tenía razón, fui corriendo al camarote de mi patrón, me daba terror entrar y pasar entre lapos, cachetadas, jalones de oreja, jueguitos con el crudo, pero tenía que hacerlo y fui, lo encontré solo, estaba con un compañero, pasé se lo conté y me dijo que iba a hablar con él.

Luego regresé a mi camarote, con mis compañeros, estaba nervioso iba a ser mi primer arresto, Mario sacó el reglamento del cadete y buscamos ese tenor de falta de cortesía y solo era una infracción leve de solamente tres puntos de demérito, así que no llegaba a quedarme arrestado, además podía borrarlos haciendo plantón que es un término que se usa para referirse a un tipo de formación especial, en la que todos los días en la explanada de 0700 pm. a 0800 pm. iban los cadetes a cuadrarse y quedarse en atención por una hora a fin de borrar tres puntos por cada día de plantón, no se podía borrar más, solamente tres puntos por día.

Esta era la parte digamos legal y permitida por el sistema disciplinario, pero por lo bajo había la otra forma, a los que se le llamaba los cambios de sanción, en la que, el cadete de cuarto, se compadecía y en lugar de arrestar al cadete infractor, le cambiaba la sanción y lo ponía a hacer plantón pero dentro del camarote del cadete de cuarto, algunos iban hasta con fusil al hombro toda la semana, dependiendo de la falta que hayan cometido, el fusil era un fal 7.62 mm. pesaba cerca de 4 kilos y con cacerina abastecida un kilo más, después de diez minutos se empezarían a sentir los primeros estragos y se agudizaría aún más a la altura de la clavícula derecha, debido al peso de este, después de una hora mejor ni decirlo, pero esto no le importaría mucho al cadete, con tal de cambiar el arresto de cualquier forma y salvar su tan esperada salida de franco cada fin de semana.

Se asomó a la puerta de mi camarote mi patrón, avisándome de que ya había hablado con ese cadete, pero que me le presente nuevamente, seguramente me cambiaría la sanción por algunas planchitas me decía, me sentí aliviado.

Lo busqué nuevamente esta vez lo encontré por el pasadizo, mejor me dije, cosa que, así no alboroto al gallinero, me le volví a cuadrar en la mitad del pasadizo a seis pasos en frente de él ...

_buenas tardes cadete aspirante Ferrari presente, ordene cadete...

Su cara de desprecio continuaba igual, me dijo entonces...

_" aspirante Ud. sabe que no se puede utilizar influencias para evitar ser sancionado, el reglamento lo dice, lo ha leído"?, me dijo; la verdad que no lo había hecho, quizá sí, pero es que eran como doscientas infracciones tipificadas que obviamente no la tenía en la cabeza...así que, continuó voy a sancionarlo aparte de la anterior de falta de cortesía, otro más por hacer interceder por medio de un cadete de año superior; me quedé perplejo veía como ahí sí mi fin de semana se iba en manos de este maldito ...

Creo esta vez mi rostro cambió ya empecé a mirarlo con cara de pocos amigos también, ya no como de perro asustado, le clavé tal mirada que él mismo sintió que me estaba acordando de por lo menos tres de sus generaciones...y claro él también me miraba con un marcado fastidio.

Me retiré y me fui corriendo a mi camarote, pensaba ya tengo mi primera "punta", tenía que evitar volver a cruzármelo, estaban aún mis compañeros, les conté y revisamos el reglamento y pude ver y percatarme que la segunda sanción era de diez puntos y para salir franco el sábado y domingo solo se podía tener hasta seis.

_Desgraciado!!, me cagó el fin de semana, dije triste casi con lágrimas en los ojos, justo tenía una reunión familiar, y todo por la culpa de Marco...

_Y del huevón de tu patrón dijo Tejada, porque no le vuelves a decir lo que ha pasado, me preguntó.

_No imposible nunca más le pediré que me *cabronee* nada, nunca más.

Era mi primer sábado y domingo arrestado, no lo podría borrar ni haciendo plantones, estaba totalmente devastado, sorprendido, me senté en la silla de mi camarote mirando a través de la ventana hacia la calle, tendré que cuidarme de él, dije. _ De los seis dijo Medina, siempre corrigiéndome lo que uno decía.

_Porqué seis le pregunté.

_Acaso crees que no le va a contar a los de su camarote, que lo miraste mal, y que eres un contestón, seguramente les dirá que lo empujaste en la cafetería, que eres un malcriado, rebelde, canchero, en otras palabras, todo lo que la Marina no quiere, todos ellos también se harán una falsa y mala impresión de ti a partir de ahora, ese cadete es conocido por ser maletero, habla mal de todos, en otras palabras, le encanta meter barro, terminó.

En fin, había que cuidarse nomas de este tipo de cadetes arañados, que no te ayudan en nada en tu formación, sino que por el contrario buscarán siempre que perjudicarte, dado su absurdo e incomprensible desprecio irracional hacia los subordinados.

Era preventivo de formación para los cadetes para salir franco, todos sacaban sus maletines y metían sus libros dentro, como diciendo voy a estudiar algo o leer algo de esto durante mi franco, pero era por gusto, nadie se detendría a leer o estudiar nada en esos días, lo hacían auto engañándose, como para estar bien con su conciencia, en algunos casos dejaban su maletín en su cuarto y no lo abrían hasta el regreso de franco, domingo por la noche, Jaramillo se acercó a la puerta ...

_Ya nos vemos loquito, que quisieras que te traiga el domingo en la noche.

_Cualquier cosa menos un completo le dije, soltó una carcajada, ya loquito ya veo que te traigo.

Se fueron todos los cadetes a su salida de franco, me quedé arrestado el fin de semana, la escuela se veía vacía sin el Batallón, solo se quedaban los arrestados y los de guardia.

Las Guardias

Todo en la Escuela estaba muy bien organizado, administrativa y operativamente, se llevaba el control total de todo y para eso existían las guardias, que es un tema no menos importante.

Todos los rincones de la Escuela estaban cubiertos de estos "puestos de guardia" y sería algo con el que conviviríamos toda la vida a partir de esos momentos hasta el final de la carrera militar.

A todos se les asignaría un puesto de guardia de acuerdo a su año, cuanto más grado se tenga, el puesto de guardia sería de mayor responsabilidad y para eso existiría también un "rol de guardia" en donde podías apreciar los días que te tocaba cubrirlas, y la secuencia que te tocaba va a ser más holgada a partir de que se va teniendo mayor grado.

Los turnos eran tres, cada turno de cuatro horas en la mañana y cuatro en la tarde, es decir si estabas de 0800 a 1200 del día te tocaría relevar nuevamente a tu compañero a las 8 pm hasta las 00:00 de la noche, el turno más jodido al que todos odiaban era el segundo turno porque después de estar de 12:00 a 16:00 de la tarde, te tocaría hacerlo nuevamente a las doce de la noche hasta las cuatro de la madrugada, luego de esto te irías a descansar un par de horas más, y ya te tendrías que estar levantando para ir a clases, por eso es que los aspirantes normalmente en clases se

quedaban dormidos, privados, algunos parecían desmayados ya que el cuello se les descolgaba y la cabeza quedaba colgando en posiciones extrañas que daba risa verlos.

Los profesores no decían nada porque ya lo sabían, algunos chistosos como Barbieri le decía al profesor mismo que no hablase muy fuerte para no despertar a su compañero, y todos soltábamos a carcajadas.

Obviamente el aspirante es el último en la jerarquía militar, por lo tanto, la secuencia de su guardia sería "día por medio", es decir un día sí y el otro no, ya más adelante en el segundo semestre podría mejorar la secuencia y estar a un dos por uno, o sea dos descansos y uno guardia, ya para cuando se llega a ser cadetes, su secuencia mejoraría considerablemente, a un tres a cuatro por uno.

A los aspirantes se les había creado las siguientes guardias...

La guardia más temida por todos los perros, la más espantosa, la más horrible, la que nadie quería hacer, era la famosa guardia de "Botero", esta era en la casa de botes, tenías que ayudar a sacar los botes con sus respectivos remos, limpiarlos, enjuagarlos con una manguera, secarlos y meterlos nuevamente en sus rampas, pero este no era tanto el problema, el problema eran los cadetes del equipo, daban miedo los remeros, eran el doble de altos, tenían la mano llena de cayos, que cada lapo que recibías si dolía, decían que tenían mal carácter, más si por tu culpa llegas golpear uno de sus botes competitivos que eran de fibra de vidrio, con alguna cosa por allí, los cuidaban como oro, normalmente se iban a entrenar chupando su caramelo de limón, era algo así como para enjuagar la boca y despertarse a esa hora y si no tenías, te metían a la poza helada a esa hora de la madrugada.

Un día estuve ayudando a subir por la rampa a un bote "Doble Par", 2X , es decir dos remeros en un bote, y por alguna razón cogí mal de la chumacera y la levanté con demasiado ángulo, quería pegar el bote hacia la rampa para que bajen los dos cadetes que venían de entrenar, pero el bote se inclinó hacia la derecha demasiado y se volteó en un abrir y cerrar de ojos, los dos cadetes se fueron al agua de cabeza, quedando los dos con sus pies amarrados en el bote y me pareció que no podían salir de allí, así que me asusté, pensé que se estaban ahogando, entré casi en pánico, pero me lancé a la poza con uniforme y todo para desde allí tratar de levantar el bote, uno llegó a salir bien pero el otro tuve que levantarle la cabeza para que respire porque su pie seguía atascado, pero luego de unos segundos lo pudo sacar.

Pensé que me iban a matar, pero no fue así, era el cadete de primer año Gfeel que gracias a Dios era cristiano y el otro el cadete de segundo año Aguirre, él no era cristiano, pero era demasiado buena gente, tuve mucha suerte de que hayan sido ellos, y no Cavero o San Martín, que allí si estaría en serios problemas, estos dos en cambio serían unos de los mejores cadetes como personas, como amigos y como deportistas.

La otra guardia era la guardia de sótano, este tenía unos setenta metros de largo, y era donde se encontraba el pañol de armas, la lavandería y el pañol general, aquí hicimos nuestras primeras planchas y ranas el primer día de ingreso, se podía decir que era medianamente tranquila, perfil bajo, no te cruzabas con nadie y nadie te molestaría, salvo un grupo de matones, delincuentes, asesinos despiadados, crueles e inhumanos zancudos, que habitaban dentro del sótano y que después de las seis de la tarde salían en mancha a quitarte toda la sangre por donde pudiesen, parecían murciélagos, introducían sus enormes picos a través de tu piel con un hambre voraz, que hasta uno me atravesó un día la uña! podría ser esto posible?, eran realmente salvajes por esa razón uno se colocaba en la puerta de ingreso, a esa altura no te picaban ya que a estos les llamaba su atención la luz de los fluorescentes que habían en el techo, afuera del pañol estaría a salvo de ellos, así que prefería soportar mil veces el frío de las madrugadas de invierno, que esos despiadados personajes.

Las otras dos eran en la explanada adyacente a la poza, esas la inventaron para básicamente completar algunos puestos, porque en realidad allí no se cuidaba nada, la última era la sagrada, "Guardia de Cripta", donde están los restos verdaderos del héroe máximo de la Marina de Guerra, Don Miguel Grau, elegido como el peruano del milenio, era un honor pararse y hacerle guardia a sus restos, lo malo era de que estas debían hacerse con el uniforme de parada, o sea ir de gala, eran de solo dos horas, igual mañana y tarde, pero en esas dos horas debías de mantener el mayor porte militar posible, todos te estarían mirando de todos los flancos y si te movías te llamarían la atención, no podías tocarte era como estar en atención, solamente cada veinte minutos estaba permitido hacer unas cuantas revoluciones marchando en cámara lenta a pazo de ganso alrededor de su explanada y así más o menos te podías relajar.

Todos se habían ido, estaba solo con la guardia, mi camarote estaba vacío, miraba las camas tendidas de todos mis compañeros francos, saqué de mi gaveta unas hojas en blanco y por inercia comencé a escribir, no sé lo que escribía, escribía de rabia, de tristeza, de aburrimiento, quizá ya era hora de declinar y pedir mi baja sería muy fácil, solo me presento al oficial de guardia y reporto mi decisión, así que depende de mí el salir hoy mismo y dejar toda esta tontería de aguantar este tipo de cosas, cuantos más habrán como él, cuantos intolerantes, descriteriados más me tocará conocer, no lo sé, aún voy por el tercer mes y falta una eternidad.

...el día está soleado, la tarde se siente alegre la puedo sentir, el bullicio de la gente de la playa se escucha hasta aquí, yo los miro desde mi camarote, nadie se imagina que los miro...

comencé a escribir, sin que nadie me viera

DOS

Un buen conquistador

Julissa Pereira era una chica que vivía por el barrio, iba a buscar de vez en cuando a mi hermana, y se ponían a conversar en la puerta de mi casa, yo la observaba desde antes con detenimiento, sin que ella se percatara claro, era muy bonita, su cabello era negro y largo, sus ojos avispados de color café, parecían negros por sus pestañas, su mirada tenía una extraña candidez atrevida, que llamaron rápidamente mi atención, quería conocerla, pero no sé si ella a mí, tendría que pedirle a mi hermana Karina que en una de esas visitas a la casa me la presentase, y ya luego con mis dotes de buen conquistador hacerla mi enamorada.

No sé porque dije eso de dotes de buen conquistador, en realidad era un pánfilo a la hora de declararme a una chica, con la última que tuve, Gianina, me tomó darle diez vueltas al parque para poder hacerlo, estaba de moda eso de vamos a caminar al parque y luego ahí, plas te la chapabas, se suponía que a la primera vuelta se lo tenía que decir, pero me empezó a dar terror, luego le pedí una vuelta más como para agarrar valor y nada, ya estábamos terminando la tercera vuelta y nada!, no me salían las palabras, pasamos a dar cerca de siete vueltas sin exagerar y no pude, finalmente nos sentamos en una banca, pero se hizo tarde y como ella era una chica de su casa me dijo que se tenía que ir, que horror que habría pensado de mí, pero finalmente se lo dije antes de que se vaya, pero la respuesta fue inesperada, pensé que me diría que sí, porque ya estaba medio coordinado con sus amigos, pero me dijo que lo pensaría, creo que lo tuve muy bien merecido.

Para cuando me dijo que sí, acaso pude darle el chape de inmediato, tampoco!, estaba como bloqueado, a la semana recién pude besarla, y en ese momento, solo recién en ese momento, creo que se me activó mi sistema reticular activador ascendente, si claro tiene un nombre terrible pero una función mágica también, a los diez minutos de estar chapando en el garaje de su casa, ya me le quería montar encima, por Dios.

Pero allí estaba Julissa otra vez, que linda, la miraba acodado desde la ventana de mi casa, paseaba en su bicicleta, lo hacía con su shortcito amarillo chiquito dejando ver sus esbeltas piernas, llevaba un polito verde pegadito y encima un chalequito negro, me encantaba como se vestía, siempre bien periquita, con muchas pulseras en las muñecas, anillos en los dedos, cueritos en el cuello, y aretes llamativos, de vez en cuando se ponía sus binchas de color verde o negra en la frente, le quedaba divino, y siempre con su chupetín en la boca, estaba encantado con ella, me la quería comer con chupetín y todo, y esta vez no sería así de pánfilo, ya estaba en la escuela y era un poco más resuelto con las chicas, aparte ella era menor, tenía dieciséis años y yo dieciocho.

Cuando por fin me la presentó mi hermana, nos hicimos amigos, y no tardé mucho en pedirle que sea mi enamorada, esta vez obvio no lo hice en el parque de la muerte, por respeto también a mi anterior enamorada, pero sí en otro, que estaba por su casa, ella ya sabía lo que le diría, estaba siempre mirándome de manera coqueta divertida, se sonría de todo y le quedaba bien su sonrisa, pronto usaría braquets, pero igual se vería muy linda.

Era muy inquieta o al menos ese día lo estaría, se paraba en la banca, se sentaba, se paraba nuevamente y se volvía a sentar, no había manera de agarrarla, parecía una potranca de carreras en el partidor, hasta que por fin la tomé de los brazos, la acerqué hasta tenerla muy pero muy cerquita a mí, nuestros pechos casi chocaron; podía sentir clarísimo su perfume Ilusion de Monique en su cuello y le dije mirándola a los ojos, me gustas mucho July, quieres estar conmigo?, ella estaba con su chupetín en la boca aún, quería sacárselo y tirarlo, porque me impediría acercarme a darle un beso, pero ella solita se lo quitó, estaba bastante nerviosa, podía sentir su respiración agitada, tú también me gustas me dijo, y en ese momento, lo que tanto había estado deseando sucedió, la besé con un beso tierno y prolongado, eso significa que si le pregunté, pero luego me dijo algo muy raro que me desenfocó, me dijo algo así como y que me ofreces, me imagino que se lo habría escuchado a su tía o a su prima mayor que vivían con ella, no entendí su pregunta, solo le dije que le ofrecía todo mi cariño sincero y mi amor, tuve que aplicar un pequeño floro ante una pregunta inesperada, creo que ella se refería a cómo iba a ser nuestra relación, le dije que normal como todas, luego me preguntó si ella también podía seguir viendo a sus amigos, ahora entendía mejor, quizá pensaría que yo era uno de esos novios tóxicos, patéticos, que les niegan a sus parejas salir con otras personas, obviamente no iba a ser así, por esa razón le dije que sí, aunque no hubo necesidad de ello ya que pronto ambos dejaríamos sin querer a nuestros amigos para comenzar una relación tierna, bonita y sincera, por decirlo de alguna manera la más bonita que tuve en ese momento de mi vida.

La tomé de la mano y nos pusimos a caminar por la casa, le hablé de la escuela, de mis amigos, de los de mi camarote, de la bomba Jaramillo, jamás le hablaría que era un maldito perro que tenía que darle caramelos y cigarros a los cadetes, ni subirlos cargados hasta su camarote, ni olerle las zapatillas sucias al crudo, ella se divertía con mis historias, le agradaba escucharme, también me contaba de su mamá, de su tía casada con un mayor del ejército, nos volvimos a besar, y luego la dejé en su casa y me fui. Me había dicho que en tres semanas sería su cumpleaños y que procure estar con ella ese día.

Al recostarme en mi cama podía sentir aún su olor, estaba todo embriagado de ella, y su perfume se había quedado impregnado en las palmas de mis manos, no me las quería lavar, no me las iba a lavar.

Mi padre como siempre me llevó hasta la escuela, con el mismo trámite de siempre de todos los domingos, esta vez no pasaron revisión estaba el teniente Vargas, era literal un ángel, no te revisaba aun sabiendo que estabas ingresando comida. Al llegar a mi camarote estaba Wilfredo, le conté y él también me habló de Diana su enamorada, a partir de allí ambos pusimos las fotos de nuestras enamoradas en la puerta interior de nuestros roperos, lo cual estaba permitido.

Al día siguiente, estábamos en clases de liderazgo naval, el instructor hablaba en frente y yo me olí las manos para saber si aún olía a ella, y sí, aún estaba ese olor, o era sugestión? no lo sé, podría ser, quizá ya no olía, pero mi cerebro aún quería olerla. Miraba al profesor, pero no asimilaba nada de lo que decía, solo quería que sea sábado para poder estar con ella y disfrutar de sus besos y abrazos y llenarme nuevamente de su perfume.

_A ver Ud. que piensa acerca de lo que se ha dicho, me preguntó el instructor, un comandante en retiro, felizmente era buena gente, había fantaseado tanto con ella que no había escuchado nada de la clase, no sabía que decirle al instructor.,

_me parece bien señor, solo atiné a decir eso, y todos soltaron a carcajadas al darse cuenta que estaba más perdido que huevo en cebiche.

Baño ecológico

Había llegado el cumpleaños de Julissa y estaría nuevamente con ella, las últimas tres semanas habían sido geniales, la buscaba a eso de la cinco de la tarde después de haber almorzado con mis padres, su mamá y su tía eran tan amables y encantadoras que me sentía super augusto con ellas, hasta me invitaban a tomar el lonche, al principio me daba un poco de roche pero luego fui agarrando confianza, me preguntaban sobre la escuela, les decía que estaba en primer año, eso sonaba mejor que decirle que era aspirante, además no estaba mintiendo era mi primer año, pero ellas pensarían que era cadete de primero. Luego ella les clavaba una disimulada mirada para que nos dejasen solos, el cual no sé porque yo siempre lo podía notar, y entonces se levantaban y se terminaba la charla con ellas, se iban a sus respectivos dormitorios y nos quedábamos con toda la sala para nosotros solos, veíamos televisión, nos apachurrábamos en el sofá, y nos besábamos cada cierto rato.

Un día después de haber comido una parrillada con ella en mi casa, fuimos a la suya, nos pusimos a ver televisión y luego ella sacó más comida, creo que era una torta que había quedado en su refrigeradora, y luego me invitó más y más gaseosa; mi estómago estaba duro a punto de reventar, me empezó a venir primero unos retorcijones, luego empecé a sudar frio se me estaba bajando la presión, si me iba a mi casa no llegaba al baño, y pedirle su baño para descargar eso, me podían hasta denunciar, además me daba mucha vergüenza.

Ella aún no se daba cuenta, me hablaba sus cosas que su amiga Melina no sé qué, y yo sintiéndome mal, que cara habría puesto que al fin preguntó, ¿qué te pasa?; necesito tu baño le dije, pero claro dijo, anda!... como pensaba que era para miccionar, ni verificó que esté habilitado para lo otro.

Cuando entré, el foco se había quemado, justo ese día, si le decía tendrían que cambiarlo y todo el mundo se enteraría y no podía esperar, esa cosa se venía ya!, y me estaba matando de dolor, así que entré con la luz de mi teléfono celular nomas, cerré la puerta, busqué papel y que mierda! no había, no lo podía creer, porque su casa era bonita, grande, moderna, creo que alguien me quería tomar el pelo, Dios por que me haces esto, por favor, decía, pero siempre se te ocurre algo en esos momentos, tenía en la mano las servilletas de la torta, así que con eso nomás, al sentarme salió toda la descarga como desmonte de basura del Callao, que habría pasado, no lo sé, seguro fue la parrillada, los ajíes y las mil gaseosas que me dio.

"No vas a poder conmigo maldito desgraciado" hablaba y le requintaba al demonio, porque esto solo podía ser obra de él. Al terminar jalé la palanca y de pronto se escuchó ese sonido siniestro, aterrador, del fierrito que choca con la tapa del inodoro que te indica solamente una cosa, que el tanque está vacío!, que no tiene agua! ...de repente es ecológico pensé, así es en algunos aviones, pero no, no

creo, aún no llegaba esa tecnología, ahora si me jodí.

Nunca retes al Diablo, salí y tuve que afrontar la vergüenza, pero como decirle a ella que estaba sentada en el sofá tan perfumada y bonita: oye un favor puedes echar agua a mi desmonte que he dejado allí?, tampoco me podía ir así nomás, obvio se daría cuenta que fui yo, alguien se tenía que responsabilizar y ese sería yo.

_amor un favor podrías traerme un baldecito de agua, mejor dicho, un balde grande?, no había agua en el tanque.

_ya estás mejor me preguntó con su voz suavecita; si le dije, pero el baño no tenía agua, podrías traerme, ella ni se impacientó solo estaba queriendo ver la película; no te preocupes ya mañana lo veo dijo Julissa; no por Dios! ella no podía ver eso, inmediatamente terminaría con nuestra relación, le insistí ser yo el que limpie eso, pero fue inútil, me llevó al sofá me envolvió en sus brazos y me dijo quédate aquí, ya mañana yo me encargo.

Si a pesar de esto, ella sigue conmigo y su madre me recibe en su casa, es porque en verdad me quieren, ¡así que ...aquí es!, dije convencido.

Ya había verificado mi "condición de franco", si figuraba G sería que ese día me tenía que quedar porque tenía guardia, si figuraba NP sería que podía salir pero sin pernoctar es decir regresar el sábado a dormir a las 10pm y salir al día siguiente domingo, que triste esa condición, palmas para el que inventó esa malévola, cruel y desalmada condición, mejor era no salir, más era el afán de cambiarse dos veces ese día y volver a regresar hasta la Punta, pero aun así había cadetes que salían y regresaban cuidándose de no venir ebrios por supuesto. Si figuraba A sería que estabas arrestado, pudiendo ser solo sábado como sábado y domingo. Si figuraba D sería que estabas deficiente por algún curso jalado, cuando no decía nada, figuraba en blanco, era que estabas Franco, y el mío no figuraba nada, es decir estaba Franco tal como le prometí a Julissa.

Cuando llegué a su casa, ella saltó de alegría y corrió hacia mí para abrazarme, estaba un poco preocupado porque mi padre me dijo que habían llamado de la escuela, esa llamada no me daba buena espina para nada, nos pusimos a bailar en su fiesta con sus amigos, habían luces psicodélicas, cortadora y buena música, al fondo estaban unos familiares en su terraza, había llegado su papá a estar con ella ese día, pero la verdad no me interesaba conocerlo, en la mesa habían sándwiches de pollo, mixtos, gaseosas, el trago solo eran para los tíos, en la cocina estaba el otro grupo, su mamá, sus tías, su tía Patty era linda me mandaba la cerveza por la cocina y yo que no quería le aceptaba sin reparo, Julissa no tomaba nada de licor aún era menor de edad.

Que te pasa me preguntó porque tienes esa cara, ¿quieres baño? no sé si lo dijo por bromear o es que siempre pongo la misma cara de loco cuando estoy preocupado, no no es eso, le dije, solo que han llamado de la escuela a mi casa no se para que no me da buena espina eso.

No quise preocuparla ni demostrar que tenía un mal pálpito, bailamos y disfrutamos de su fiesta hasta el final.

Al retorno a la Escuela, había consigna en la puerta de que me informaran que vaya directamente a presentarme al oficial de guardia, cuando fui me dijo, Ud. se ha evadido de la escuela!, sus palabras acusadoras sonaron como un rayo que me atravesó en dos, sin mucho rodeo continuó el oficial, su condición de Franco figuraba D y Ud. se ha ido franco.

No lo podía creer yo había verificado y no decía D.

_no revisó su condición de franco? me preguntó.

_sí señor la que se publicó el día miércoles, estaba publicada en el periódico mural.

_bueno esa fue modificada y se publicó otra el día viernes, esa la ha revisado?

No la revisé porque nadie me había arrestado, no tenía guardias, pero jamás pensé que después de haberse publicado una condición de franco nuevamente se publicase otra, y con una condición de "Deficiente" por cursos si no tenía ningún jalado, bueno me puse a pensar y si podía ser que esté jalado en un curso.

Mañana será sancionado con ese tenor me dijo el oficial.

Me retiré devastado, era una sanción de clase A con treinta días de arresto, por un descuido involuntario, porque demonios tenían que cambiar la condición si ya estaba publicada esos nuevos "Deficientes" debieron pasar para la otra semana no para esta, pensaba.

A los tres días estaba parado con uniforme de parada para mi "Consejo de honor", donde evaluarían mi sanción que me impondrían por haberme evadido de la escuela naval.

Consejo de honor

Eran las once de la mañana de un tétrico miércoles, ya habían pasado tres días y era momento de enfrentar al sistema disciplinario más riguroso de la escuela, parado en el patio de honor, vestía mi uniforme de parada para entrar a la sala de consejo de honor, allí solo determinarían si te quedas o te vas., tenía mucho miedo, el oficial encargado de mi año, me había dicho que me ayudaría, él estaría allí, el tenor de "evadirse de la escuela" era Baja, así de sencillo, por eso es que tenía que enfrentar a ese tribunal de justicia.

Quizá sea lo mejor y de una vez me largo de aquí pensaba, pero qué les diría a mis padres, a mis amigos.

El teniente salió por la puerta, la misma por donde nos tomaron el examen de entrevista personal, me hizo una seña para que me acerque, cuando estuve cerca de él me dijo, tu tranquilo nomas hijo, di la verdad yo voy ayudarte, al entrar vi a los mismos que me tomaron mi examen de presencia.

_Mira perro me había dicho el cadete Arturo Barandiarán que era de cuarto año, yo sé cómo es esta vaina, si los tíos están serios y no te gritan y te tratan con respeto, es porque ya te jodiste, y te van a dar de baja, pero si te gritan, alégrate, porque quiere decir que no te van a botar, agacha la cabeza y acepta cualquier sanción, y agradece...

Barandiarán era un genio académicamente, de hecho, era una leyenda, iba a clases sin cuadernos, ni libros, incomodaba a los profesores con sus preguntas difíciles, resolvía los problemas con atajos matemáticos increíbles que dejaba atónitos a los profesores, era el primer puesto en su promoción, nadie era más inteligente que él, solo que había un problema, era demasiado infantil, parecía un niño, tenía veinte años y ya estaba en cuarto año!, sus compañeros tendrían 24 años, ese era el promedio para ellos, un día no regresó a la escuela a pernoctar y en su consejo de honor le dijo al Director: *"lo hice por alguien que tiene más galones que todos ustedes, inclusive que Ud. señor Almirante, por mi madre"*, su madre estaba enferma y no la podía dejar en cama, pero obviamente nadie le creyó y lo arrestaron con clase A treinta días, y por esa razón no era el cadete comandante del Regimiento, sino se lo dieron al segundo puesto que era Vílchez que era otra cosa, este tenía don de mando, era líder, calzaba perfecto para ese cargo y lo hicieron así, aunque al final de la *"espada de honor"* se la dieron a Barandiarán.

Entré y me cuadré en frente de ellos, saludé al frente, luego la voz del almirante Giampietri, dijo: Ferrari que pasó?, con voz tartamudeante le expliqué, y antes de terminar otro oficial me gritó, pero Ud. sabe que eso es baja! cómo es posible que haya cometido semejante error de no verificar su condición de franco!, es Ud. estúpido o qué?, gracias Dios mío decía, que me siga gritando, pronto se puso rojo ese oficial, el almirante Giampietri me dijo: le haré una pregunta y quiero que responda con franqueza, Ud. se quiere ir de la escuela sí o no?, en ese momento pasó por mi cabeza las planchas, ranas, los lapos, las zapatillas sucias del crudo, los cigarros y caramelos, las guardias de botero, los zancudos, y todo

lo demás, quizá ya sea hora de terminar con esto de una vez ...

_sí señor, dije.

_que!! qué cosa dijo? preguntó el Almirante,

_digo no señor...

Estaba ya confundido, devastado, solo quería terminar con eso; mire la única opción para que Ud. se quede y no sea dado de baja, es que se le arreste por treinta días, acepta el cambio de sanción?, las palabras del cadete Barandiarán nuevamente resonaron en mi cabeza, agradece la sanción y agacha la cabeza, nunca agaché la cabeza, tampoco le agradecí, solo le dije acepto señor.

La cara de tranquilidad de los oficiales se podía notar, a ellos no les conviene que los aspirantes se vayan de baja menos por idioteces.

Cuando al fin terminó todo llegué a mi camarote, estaba ya casi listo para irme a mi casa, pero una luz se me apareció, solo que ahora tenía que lidiar con el confinamiento más largo que podía un cadete tener, treinta días, era el primero de mi promoción a nadie lo habían sancionado de esa manera aún.

Esa noche llamé a mi casa para hablar con mis padres y avisarle que no saldría por un buen tiempo, a Julissa no sabía que decirle, aceptará continuar conmigo?, en su barrio había varios lobos que la pretendían, antes de que estuviera conmigo le habían caído como tres, será fiel o me pondría los cuernos, mejor termino con ella y ya vemos que pasa cuando salga, si es que salgo claro, pensé.

El dedo de Jaramillo

Habían pasado ya tres semanas de confinamiento, Julissa me había enviado cartas, cada vez que mis padres me enviaban alguna encomienda, siempre había allí dentro, una carta de mi madre y otra de ella. Tenía estilo para escribir, lo hacía muy bonito, cada frase era rítmica, poética, hasta parecía que las sacaba de algunas canciones románticas, decía algo así:... *"y nuevamente sola frente al mar, preguntaré a las olas donde estás, mientras su blanca espuma borrará tu nombre que se hace canción"...* *"por momentos creo yo, ver tu imagen regresar, alumbrada por la luz del viejo faro"* ...que intenso, que tal letra!, felizmente no conocía aún a este gran compositor peruano José Escajadillo Farro, ni la letra de su canción "Cada día", sino la hubiera descubierto. La carta estaba escrita con muy bonita caligrafía, y con lapicero azul, que en algunas partes, la tinta se había diluido, producto del perfume que le ponía, por eso, cada vez que la sacaba de su sobre para leerla, sentía un profundo embriagamiento de su aroma, que me hacía cerrar los ojos y viajar hasta donde estaba ella, dándome fuerzas para continuar en la escuela atravesando todas las peripecias, desavenencias que poco a poco se hacían cada vez mayores.

Jaramillo empezó a relajarse cada vez más, todo le importaba poco, parecía que se burlara del sistema y de los cadetes que lo molestaban; contestaba de mala manera, ponía mala cara, pronto se sumó al grupo de aspirantes que se quedaban arrestados todos los fines de semana, o sea los caseritos de la escuela, ya estaba mal en disciplina, había incrementado sus puntos de demérito de su legajo abismalmente, los treinta días de mi confinamiento la pasé con él, ya la bomba había estallado, donde lo veían lo llamaban para fastidiarlo, le inventaban una falta y luego lo arrestaban.

Un día se internó en la enfermería porque se fracturó el dedo de la mano derecha, el médico le puso un yeso para que lo use unos dos meses por lo menos, pero él le hizo un agujero a propósito al yeso para poder sacar por allí su dedo medio; nadie se percataría de sus siniestras intensiones hasta cuando se presentaba a los cadetes de año superior, inclinaba levemente la mano hacia arriba, de tal manera que literalmente le llegaba a mostrar su dedo medio al cadete en su propia cara; éstos le preguntaban indignados porque demonios no bajaba su maldito dedo, pero el respondía que el dedo había quedado así parado y que de esa forma tenía que quedar para que cicatrice, esto enfurecía a los cadetes, ya no lo querían llamar, porque este iba, se cuadraba en frente inclinando el dedo, pronto ya todo el Batallón sabía de él, se había hecho famoso, lo conocían como el aspirantes del dedo medio, y empezaron a bombardearlo de arrestos y más arrestos.

Para poder estar libre sábado y domingo había que tener máximo hasta 6 puntos, este llegaba a cincuenta puntos semanales!, a partir de allí no vio la calle más, salvo cuando habían esas "salidas generales" que casi siempre daban, y que eran salidas donde salen todos los cadetes sin excepción incluido los arrestados; solo así podía salir a la calle Jaramillo, decía que ya la escuela era su casa y que se había acostumbrado a no salir, que por gusto lo arrestaban porque igual no tenía ganas de salir.

Otro de los motivos para que puedan dar estas salidas generales podía ser por fechas conmemorativas, fiestas patrias, día de la madre o del padre, algún campeonato inter escuelas militares y que la escuela naval haya ganado, que el equipo de remo haya traído alguna copa nacional, o que el enamorado de la hija del director esté arrestado, y no pueda salir a ver a su hijita.

Otras veces había ciertas "comisiones" especiales por orden nada menos que del Presidente de la República, en esa época era Alberto Fujimori., llamaba su edecán el Capitán de Navío De la Fuente, al Director de la Escuela y sacaba en calidad de comisión a tres cadetes en especial, estos eran llevados hasta Palacio de Gobierno, para encontrarse con la hija, su nombre era Keiko y estaba saliendo con un cadete, estaba muy enamorada o al menos interesada, su nombre era Tito Samán, los sacaba de la escuela, a los tres y se ponían a jugar billar en Palacio, les invitaban trago, comida, y los regresaban con la seguridad personal del Presidente, pero poco duró el gusto, el cadete decía que, si así nomás sin conocerse mucho tiempo ella movía todo su poder para verlo, como sería estando con ella, creo que ya había en esa niña ciertos indicios de autoritarismo totalitario, como el padre, y no quería perder su libertad, por lo que dejó pronto esa amistad.

Al llegar a mi camarote estaba Medina en el escritorio,

estaba terminando de leer un oficio, estaba como siempre decaído, desanimado, melancólico.

_Gordo, que tal, que novedades, le dije,

_nada me dijo, solo estoy ya terminando de redactar este oficio, estoy pidiendo mi baja.

En brazos de Morfeo

Normalmente después de un entrenamiento extremo sobre todo de los cadetes integrantes de algún equipo representativo, el desgaste físico es recompensado con un rancho mejorado, y tragaban como bestias sobre todo los de remo, pentatlón, natación Judo, por lo tanto las cuatro primeras horas de clases iba a ser una lucha feroz contra el sueño, más aún si las clases las daba un profesor civil que enseñara inglés o cualquier materia en la que se podía dormitar un poco y recuperar fuerzas, era gracioso ver las caras de los que luchaban por no caer pero el sueño les vencía y el cuello se dejaba vencer y la cabeza caía hacia adelante como si realmente estuviéramos desmayados.

El problema de dormir en clases era que, era una falta de diez puntos!, con una de esas, ya no se salía el fin de semana, había que tener cuidado de no ser descubiertos, era como jugar con la muerte; las puertas las cerrábamos, pero había una luna cuadrada de vidrio en cada una de ellas, desde donde se podía ver a todos los cadetes dentro del salón. Algunos podían percatarse con anticipación de la presencia del algún cadete y pasaban la voz ...aguas, aguas! decían, y en fracción de segundos había que despertarse y despertar al compañero privado en su sueño como sea, era el juego del gato y el ratón y está claro quiénes eran los ratones.

Mi compañero Hugo Forzani había adquirido una destreza sinigual, para no ser descubierto, agarraba su gorra de cuartel, la doblaba en tres, la enrollaba y se la colocaba debajo del mentón a fin de que no se le caiga la cabeza, cosa que así desde atrás, nadie lo percataría, pronto todos copiaríamos su magnífica habilidad, otros que no se ponían la gorra allí, la cabeza se les iba hasta abajo y eran detectados por cualquier cadete que observara desde la puerta, y luego eran sancionados.

Ya se habían cumplido mis treinta días de confinamiento, y ya tenía que salir franco, solo pensaba en salir y ver a Julissa, las dos horas de inglés también se me habían vuelto insoportables, sentía la pesadez del desayuno aún, que pronto la sentiría también en los párpados, la voz de la profesora se escuchaba cada vez más susurradora, mi cabeza se caía de a pocos hacia adelante, por ratos la voz de Forzani me parecía escucharla desde atrás que decía *...no lo hagas...,no lo hagas!* , pero iba a ser en vano, empezaron a aparecer las primeras figuras difusas en mi cabeza, y entregado finalmente al adormecimiento total, sucumbí a los brazos de Morfeo, este ícono de la mitología griega conocido como el Dios de los sueños, quien me llevaba en sus brazos hasta ese parquecito donde ella y yo caminábamos de la mano, para verla; y allí estaba ella, con su sonrisa tierna, llevaba su chompita de cafarena amarilla, y se agarraba esa cadenita de oro con un corazoncito que lo dejaba traslucir hacia afuera, podía también olerla, sentirla, era todo tan real, no quería despertar, ya falta poco mi amor para vernos, me dijo, la tomé de mis brazos la acerque hacía mi con delicadeza, le di un beso luego otro; esta semana de todas maneras mi amor, te lo prometo, le dije.

Aguas!, aguas!, aguas!, una, dos, tres patadas sentí en los pies, por Dios que pasa!! mi dulce sueño pronto se convertiría en una pesadilla, sentía que me gritaban, me agarraban a patadas, escuchaba la voz de alarma aguas, aguas, luego Alan, Alan, cuidado!, cuatro, cinco, seis, patadas fueron necesarias para arrancarme del sueño en el que me había imbuido, cuando abrí los ojos me di cuenta de que era la voz de Hugo Forzani que alertaba a todos de que en la puerta había un cadete mirando!, rápidamente me senté de manera correcta, me limpié la baba que aún me chorreaba, abrí mis ojos como quien presta atención a la clase, pero nada de eso funcionó, el cadete que estaba parado atrás era el cadete de guardia de primer año, y me estaba haciendo una seña para que me acerque.

Mi corazón empezó a latir a mil por hora, ya me fregué decía mientras me paraba de mi asiento hacia la puerta donde se encontraba, tenía la misma cara de Gargamel, el de los pitufos, narizón, feo, cara de arañado, ya antes me había llamado la atención por no saber su nombre, y siempre que me veía lo hacía, a cada rato me decía que me le presente, nunca le hice nada como para tenerme tanta antipatía, su nombre obviamente me lo sabía de memoria Hortensio Ernaú Quispe, ya no había marcha atrás, era como darle de comer un pastel de fresas con leche condensada.

_ "lo voy a sancionar por dormir en clase, tiene excusa"?

dijo con su cara de placer, esa que solo se ve en las mujeres cuando tienen un orgasmo después de meses; no cadete, no tengo excusa, dije; en vano era decirle que me sentía mal, que había estado saliente de guardia, rebajarse con tu Punta al punto de intentar darle lástima para que te perdone, ¡eso nunca!, lo recomendable era aceptar con dignidad, mirarlo fijamente a los ojos, mentarle a su pinche madre, ya que él estaría haciendo lo mismo por dentro seguro, y nada, como dicen apechugar tu arresto nomás.

Esa semana, iba a ser la quinta semana sin salir, el sueño de Morfeo no era un presagio de que iba a ver a July, sino todo lo contrario, era un vaticinio de que pronto de a pocos la iba a perder.

_porque has pedido tu baja...huevón!, le pregunté a Medina.

_esto no es para mí, dijo, lo he pensado bien y siento que ya hice todos los esfuerzos y nada, prosiguió:

..."debería estar ahora mismo en la universidad"; Medina había ingresado también a la Universidad Católica, pero eligió la escuela naval; continuó, sin tener que soportar todas estas sanciones estúpidas, con el temor de que me vea un cadete por atrás en alguna falta y me arreste; en el aula, no podías ni siquiera pararte de tu carpeta en horas de estudio a conversar con tu compañero ubicado en otra carpeta porque eso ya constituiría una sanción por perder tiempo en horas de estudio, o sentarte ligeramente recostado en la carpeta o cruzar las piernas que ya sería una sanción por falta de porte militar; extraño dormir en mi cama calientita bien abrigado, y no en estas todas frías, duras y tétricas, levantarme con el sonido melódico de las aves, a la hora que me dé la gana, y con la voz dulce y suave de mi madre, mírate a ti nomas, todos los días tienes que ir a presentarte a por lo menos diez cadetes por alguna razón, y te hacen hacer planchas y ranas, de castigo a cada rato, no te dejan en paz, y más ahora que paras con Jaramillo, ni si quiera puedes concentrarte en los estudios más andas pensando en aprenderte los nombres completos de los cadetes, tú mismo me lo has dicho, acaso te gusta eso?...no compadre, esto no es para mí, vámonos, estás a tiempo aún.

Sus palabras retumbaron en mi cabeza, me hicieron pensar, decía como era posible que haya podido aguantar todo eso, no sé por qué lo haría, ¿me gustaría acaso? no creo, a quien le gustaría, pero era verdad lo que decía Medina, más andaba preocupado en aprender de memoria los nombres completos de los cadetes que aprender los temas que me enseñaban en clases, y encima de todo las cosas en el camarote de mi patrón se estaban poniendo feas, ya no solo le tenía que tender la cama a él, sino que, sus otros compañeros me ordenaban hacer lo mismo con sus camas, para que sus perros puedan ir a hacer rápido sus cosas, pero de mi nadie se preocuparía, a eso se le llamaba agarrarte de Toyo, y me tendía todos los días entre mínimo dos a tres camas, y eso me tomaba más tiempo, y no llegaba a ser mis cosas, llegaba por eso tarde a formación y a veces no llegaba a hacer mi propia encargaduría.

Al final de la tarde había una sanción para mí por mala

policía, o a veces no efectuar la policía, otros arrestos por llegar moroso a formación, o a veces ya no llegaba a pasar rancho en las mañanas y me iba sin el desayuno a clases, todo por unos cuantos cadetes que se aprovechaban de mí, quería decirle a mi patrón porque mierda, no les paraba el macho, y les decía que vayan a joder a sus perros y no a mí, para eso cada uno tiene su perro, pero eso no iba a ser así, él solo decía apúrate, apúrate hijo sino no llegas a formación y te van a arrestar....que auténtica cagada, pensaba.

Pero igual tenía que decirle algo a Medina, mira gordo, te voy a decir algo que me dijo el cadete Barandiarán que se ha hecho mi amigo:

"Todo esto que estamos pasando aquí, no es la Marina de Guerra, o sea este tipo de cosas, las planchas, las ranas, los lapos, los caramelos, los patrones, las tendidas de cama, nunca más lo vamos a volver a pasar, es decir cuando seamos Oficiales, iremos a trabajar como tales a las distintas fuerzas navales que hay, si quieres ser piloto naval te irás a la aviación naval, si quieres ser submarinista te irás a un submarino, si quieres ser infante de marina te irás a la base naval de Ancón, si te gusta navegar te calificarás en buques y te iras a una Fragata o una corbeta misilera, cuando estemos allí, recién te podrás dar cuenta de que realmente esta huevada no es la Marina en sí, este es un filtro de aguante a ver quién tiene más temple, más carácter que es lo que se necesita de un Oficial, y ni siquiera dura los cinco años solo es UN año el trato como perro", y los demás años de cadete el trato este va a cambiar totalmente, terminé tratando y esperando que mis palabras hayan calado en él a fin de que desista de su decisión.

Me miró, se sonrió un poco y me dijo eso ya lo sé.

_entonces porque te vas, o es porque tu cuerpo no te responde, le dije, lo que más le hacía sufrir a Medina no tanto eran los cadetes, sino era la rutina física, su cuerpo era fofo, tenía rollos en la panza y hasta se le formaban tetas en el pecho, no tenía físico, y menos para correr al ritmo del Batallón, ese era su gran problema, yo por lo menos tenía la suerte de poder aguantar porque mi cuerpo al menos respondía a la exigencia del sistema, todos los días como me dijo Medina me andaban castigando por una u otra razón, haciendo planchas por una cosa, planchas por otra cosa, y así sin querer llegaría a hacerme 110 planchas sin parar, por lo que le agradecía mentalmente a los cadetes por sus castigos, a veces me

miraba al espejo del baño de mis compañeros y hacía la pose de un fisicoculturista y decía "gracias cadetes", esto llenaba de risa a todos sobre todo a Mario que cada vez que me veía me decía, gracias cadetes no?, pero Medina no tenía esa herramienta fundamental para sobrellevar esta rutina.

...el exorcismo de Moreyra

Pepito Moreyra era mi compañero de la sección C, osea de mi sección, se sentaba siempre al lado derecho, pegado a la pared, en la tercera carpeta de su columna, toda su familia era de Iquitos y tenían empresas, grifos y varios negocios, eran de plata, él era el único de toda su familia que decidió entrar a la escuela naval, normalmente son pocos los de esa zona del país, el cambio es bastante duro de vivir en la ajetreada capital, le habían alquilado un departamento en la ciudad para tener donde quedarse al salir franco, ya en sus vacaciones largas viajaría a Iquitos, su departamento era bonito quedaba en surco, era un dúplex, tenía un bar muy bonito y siempre estaba lleno de licor, tenía whisky, ron, vinos, tequilas, y una refrigeradora de dos puertas moderna, su sala era muy cómoda, y tenía un televisor de 29 pulgadas, donde veían los partidos de futbol o ponían música mp4.

Era bueno, jovial, tranquilo, era muy flaquito, no molestaba a nadie, en realidad siempre se reía de todo y celebraba por ahí algunas historias fatídicas que contábamos en el salón.

Un día, no llegó a clases, su carpeta estaba vacía, pero nadie lo percataría, podría ser que estuviera de guardia, al día siguiente su carpeta también estuvo vacía, y nadie hizo ningún comentario, al tercer día su carpeta seguía vacía y ahora si era un enigma donde podría estar Moreyra, hasta que por allí alguien dijo, sabían lo que le ha pasado a Moreyra?, era Javier Leo mi amigo, nos inquietó a todos con su pregunta enigmática, que todo el mundo quiso saber, en el acto que le había pasado,... nooo cuenta!! dijimos todos a la misma vez que nos acercamos a su carpeta como viejas cotorras chismosas, pusimos a Miranda de vigía en la puerta para avisar en caso algún cadete se acerque, ya que si no nos arrestarían por perder tiempo en horas de estudio, debíamos supuestamente estar sentados leyendo cualquier libro menos parados en otra carpeta que no es la nuestra, luego Javier continuó, Moreyra está en la enfermería, está como poseído, se ha vuelto loco, está gritando y gritando a todo aquel que se le acerque, ayer fue a verlo el Teniente Rivero, y le ha mentado la madre y escupido en su cara!...por eso lo han internado porque lo van a sancionar por faltar el respeto a un oficial. Toda el aula se quedó perpleja, no podíamos creerlo, Moreyra!, era bueno tranquilo, sereno, quizás el teniente Rivero lo exasperó, dijeron por allí; lo metieron ayer en la noche y está internado allí porque está gritando a todo el mundo que se le acerque, ya no te reconoce, es como si necesitara un exorcismo, lo van a trasladar al piso cuatro de psiquiatría donde están los locos en el Hospital Naval el fin de semana, terminó. Aguas, aguas, dijo Miranda, allí vienen dos cadetes, en dos segundos estábamos sentados en nuestras carpetas, leyendo un libro, o al menos haciendo la finta.

Como no había salido franco la semana anterior por culpa de Morfeo, Julissa me había enviado una carta y la había dejado en la puerta de la escuela, el cadete de guardia me comunicó y me dijo que vaya a recoger mi envío, eran las nueve de la noche, fui con mucho entusiasmo, las cartas de ella eran tan reconfortantes que cada vez que llegaba una me emocionaba por dentro, fui al paso ligero, al recibirla regresé feliz, la tenía en la mano y me iba a mi camarote a leerla, pero al regresar a mi costado estaba la enfermería, y por un segundo se me vino a la cabeza mi amigo Moreyra, era mi chochera a mi si me escucharía decía, así que desvié el camino a mi camarote, y me acerqué a visitar y comprobar si era cierto lo que decían de Moreyra.

Entre por la puerta principal después de avanzar por una rampa ligeramente empinada hacia arriba, empujé la puerta de lunas polarizadas, avancé a pasos largos hasta otra puerta que decía: "Hospitalización, prohibido el ingreso de cadetes", aquí debe de estar, decía, pero en cuál?, había seis cuartos, pero solo dos estaban con la luz encendida. Abrí ligeramente y muy despacio casi en cámara lenta la primera puerta sin que me vean, y pude percatarme de un cadete adentro que estaba con la pierna enyesada, este no era por lo tanto era el siguiente.

De igual forma abrí la puerta del camarote contiguo, había solo allí una persona, las otras tres camas estaban vacías, solo se podían ver unos pies de alguien echado en la cama; este tenía que ser; seguí avanzando lentamente, casi no respiraba, aunque mi corazón empezó a palpitar más fuerte, luego cuando pude entrar completamente, era Moreyra!, estaba allí, echado, en una de esas camas hospitalarias, que tienen el respaldar graduable, efectivamente parecía la cama del exorcista, tenía las manos amarradas a los fierros de la cama, estaba en pijama, y estaba con los ojos abiertos, pero no me miraba, seguí avanzando lentamente hasta acercarme lo suficiente, casi me había colocado a su costado, y no me miraba.

Al ver que ni se inmutaba le pasé mi mano frente a sus ojos, pero estos seguían abiertos, existe una afección llamada lagoftalmía nocturna, que imposibilita a los párpados cerrarse por completo durante el proceso del sueño, pero yo que iba a saberlo... loco, loco, soy yo Ferrari, despierta, intenté despertarlo hasta que lo samaqueé un poco con la mano, pero nada de esto daba resultado,

Finalmente le puse mi cara encima de la suya, mis ojos casi enfrente de los de él, a solo centímetros, hasta que de pronto, sus pupilas ensanchadas se movieron, como tomando vida nuevamente, y con un movimiento corto y brusco giró un poco la cabeza, dirigiendo su mirada ahora si hacia mí...hola loquito soy yo, pero su mirada no era de aquella persona que reconocía a un amigo, su rostro se empezó a contraer, frunció el ceño como si estuviera asustado como que si él estuviese viendo a un monstruo...

_laaaaaargateeeeeee!!!, quien eres laaaaaargateeeee!! ...gritó enfurecido Moreyra como si hubiera visto a un demonio, me asusté tanto que inmediatamente me di media vuelta y salí como gato disparado de su cuarto, en el pasadizo salió corriendo la doctora de guardia que con su mirada incriminadora me preguntaba, que pasa! ¡que pasa! que hace Ud. aquí, ¡retírese!, me botaron como perro de la enfermería, bueno literalmente lo era.

Cuando al fin llegué a mi camarote, aún estaba en shock, era cierto lo que decían, no me reconoció mi amigo, que le habría pasado, no era el mismo, su rostro tenía un semblante como el de una persona atormentada, creo que si necesitaba una especie de exorcismo o algo así; no podía leer la carta de Julissa; mejor la leo mañana en el salón más tranquilo; no contaré a nadie lo que pasó, nadie me creerá, pensé.

Al día siguiente, se dio la noticia de que a Moreyra lo habían evacuado al Hospital Naval, esa misma noche temporalmente en el piso 4 donde están los pacientes con enfermedades mentales, osea en psiquiatría, estuvo unas dos semanas allí, y pronto le dieron de baja médica, nunca más se supo de él.

Carta en mil protones!

Pronto nos acostumbraríamos a observar la carpeta de Moreyra vacía, hasta ser ocupada por otro y quedar como solo un recuerdo fugaz que se va desvaneciendo con el tiempo y la rutina.

Ese día en la clase de química, cuando el profesor dijo algo así como: *"los átomos que constituyen los elementos químicos, poseen un número determinado de protones haciéndolo pertenecer a una categoría única clasificada por su número atómico"*... dije, ya es momento de leer la carta de Julissa que la había guardado desde la noche anterior.

Con mucho cuidado la saqué de su sobre, estaba perfumada como siempre, la puse encima de mi carpeta junto a mis otros papeles que tenía, eran tres hojas de distintos colores, una amarilla, la otra morada y la otra naranja, y empecé a leerla, que linda, como me encantaba leer sus cartas, me contaba que estaba bien, que me amaba, que me extrañaba, en verdad prefería mil veces saber cómo estaba ella a deducir el puto número atómico de no sé qué y para qué diablos era.

Pero justo cuando estaba por la parte más interesante, en la que me quería contar algo que había pasado y por lo que se sentía muy mal, siento que el profesor, sin dejar su explicación de los números atómicos, se acercó hasta mi carpeta y de un solo movimiento

rápido y certero, me arrancó la carta de mis manos, y mientras se la llevaba a su pupitre la rompió en uno!, dos!, tres! y cuatro! partes, pero él seguía en su explicación de los protones, sin desconcentración alguna, que bárbaro, la terminó de romper en mil pedazos más y la tiró al tacho de basura;

Mi corazón quedó devastado, cada pedazo era como un puñal que me atravesaba el pecho, no sabía si pararme y enfrentarlo, pero eso no iba poder ser, ya que él era la autoridad en ese momento, y no quería que me pase lo que le pasó a un amigo M. Bogdanovich, que por balbucearle calla mierda! al profesor de inglés, lo arrestaron sesenta días, y encima de ello, sin estar ya conforme con la severa sanción, el arrogante profesor exigió para su beneplácito, las disculpas públicas del cadete es decir en presencia de todo el Batallón y yo no quería pasar tal humillación.

_Maldito! maldito! decía, una y otra vez, sentía rabia, dolor, impotencia, frustración todo eso combinado en ese momento, y el muy hijo de puta para colmo en ningún momento me miró a los ojos, mientras lo hacía, quería pegarle, meterle por el culo todos sus átomos y sus protones, felizmente no era una carta de mi madre porque allí sí que me paraba y quizás lo hacía, no lo sé, solo sé que, ya era irrecuperable, que me quedé sin su carta, justo en la parte más interesante me la quitó, como terminaría? que frases poéticas diría al final?, qué era eso tan importante que me quería decir? acaso otro estaría yendo a buscarla? nunca lo sabré por ese desgraciado y sus protones de mierda, pensé.

Me quedé sentado mirando mi carpeta y cualquier cosa que tenía, no le quería dar el gusto de prestarle atención, como diciéndole me importa un carajo tu puta clase de protones, cuando terminó la clase, el tipo se fue como si nada hubiera pasado, por allí algunos se reían y decían, si quieres te ayudamos a pegarla con cinta scotsh, pero ya había aceptado que era irreversible, esa carta estaba destruida en mil pedazos, tendría que juntar todas sus partículas sub atómicas, electrones, protones y neutrones, para recién allí, poder obtener solamente un átomo de su carta, y luego juntar varios de estos átomos para poder tener una molécula de ella, y esa labor sí que sería imposible, carajo! creo que sin querer le presté atención al desdichado ese.

Medina se sentía por fin relajado, ya prácticamente hacía dos semanas que había salido de la rutina diaria y solo estaba esperando el trámite administrativo para poder ir a su casa. En cada formación él iba caminando, con las manos en los bolsillos, sin gorra y sin el corbatín, que es la señal de que estás en trámite de baja; cuando entraban los cadetes de cuarto al camarote a molestar por algún motivo, a él ya no le decían nada, todos hacíamos planchas y ranas por cualquier cosa pero él seguiría sentado en su gaveta, y cuando era hora de levantarse a las 0550 am., él se quedaba aún dormido hasta las siete de la mañana; los cadetes no le podían decir nada, parecía que le encantaba comportarse así, al menos darse el gusto de que en su última semana, fuese un cuasi cadete de cuarto año.

Pero un día, recibió una carta y era de su madre, ella le diría allí tantas cosas que una madre puede decirle a un hijo para tratar de convencerlo a que desista de su fatal decisión, él se puso a llorar, y me la enseñó y casi lloramos los dos, entre otras cosas, le decía que estaba tan orgullosa cuando lo vio por primera vez con su uniforme, que ahora no podía hacerse la idea de verlo vestido de civil, que todo el barrio hablaba del hijo en la Marina que tenía y que disfrutaba presumir de él con sus familiares y amigos, piénsalo hijo mío, tu mami que te ama, que te quiere y que se aferra a la esperanza de que puedas cambiar de opinión, un beso; así se despedía su mamá en la carta; pero como haría? ya se había comportado como si estuviese de baja en casi tres semanas, los cadetes se le iban a ir encima, pero aun así tomó la intrépida y osada decisión de no irse, debiendo incorporarse nuevamente a la rutina diaria, lo cual evidentemente generó malestar en muchos cadetes del Batallón y cada vez que uno de ellos iba a increpárselo por pendejo, él sacaba de su bolsillo, la carta de su mamá, que la llevaba a todos lados y se la enseñaba al cadete, a ver si por ese lado lo podía conmover, pero a la mayoría le importaba un comino esa carta y lo comenzaron a sancionar físicamente, el doble de lo que a mí y a Jaramillo nos hacían, así su estrategia de conmover cadetes no resultó, y fue peor, así que finalmente, a la semana, tuvo que pedir su baja definitivamente, se despidió de todos sin pena ni gloria, nos deseamos suerte en nuestras vidas, le pedí que me dejara todos sus caramelos y cigarros que se me habían terminado, y se fue de la escuela, hasta aquí llegó la historia de Medina, nunca más supe de él.

25 media vueltas!!

Hasta que llegó el miércoles, y esos días eran los peores en la escuela, debido a sus famosos ejercicios militares, donde ensayamos y nos preparamos para los dos desfiles más importantes del año, la Gran Parada militar del 29 de Julio por fiestas patrias y la del 8 de octubre, aniversario de la creación de la Marina de Guerra, entre otras ceremonias claro, donde el Batallón o parte de él es decir una o dos compañías iban designadas en comisión a desfilar, y que hay durante todo el año, serían aproximadamente unas treinta veces, todo el regimiento de cadetes debía de pasar desfilando, de manera impecable en cada una de éstas, estar correctamente entallados, con los fusiles perfectamente alineados, las piernas levantadas simétricamente con las puntas del pie estiradas, a la misma altura todos, gran porte militar, sin perder la alineación con el de al costado, y para que todo eso funcione, había que ensayar, ensayar y ensayar porque si no se ensayaba, las compañías y secciones del batallón serían un desastre desfilando y eso lo pagaría caro el director, quien a su vez miraría al jefe de formación naval, quien a su vez miraría a los oficiales de año encargados, quien a su vez mirarían a los de cuarto año por no exigir al máximo a los cadetes en los ensayos. Por esa razón esos días a las cuatro de la tarde, hasta las seis, se practicaba, una y otra vez, en estos ejercicios militares.

Pero lo peor no era tanto eso, sino era el uniforme que se tenía que usar, al que todo el mundo le tenía fobia, no era obviamente el de cuartel diario, sino era uno en especial, el Kaki, que era los pantalones y la camisa manga larga con botones hasta el cuello, botón que para cerrarse, había que pedir siempre ayuda al compañero porque siempre la camisa venia mal entallada, y el botón del cuello nunca cerraba bien, esa parte era atroz, sentías que no te llegaba la sangre a la cara, que te estaban ahorcando lentamente, luego al rededor del cuello, una corbata negra que el nudo normalmente te quedaba mal hecho, la camisa obviamente no era de algodón, porque te picaba la espalda, y te hacía sudar como cerdo, encima era gruesa, podías sentir como las gotitas de sudor caían por toda tu espalda, desde el cuello hasta el coxis, y te daba un comezón tremendo y no te podías mover para rascarte, había que pedir permiso para tocarse, si te lo daban, dabas un paso atrás y aprovechabas en limpiarte la cara de sudor, el cuello mojado con tu pañuelo, hasta ahora que escribo estas líneas siento que me pica la espalda.

Había que sacarle a tu Kepi o gorra de parada, su funda blanca y colocarle la funda de color kaki, y este movimiento a mí me tomaba como media hora intentando colocar la otra funda que obviamente no entraba bien y había que hacer magia para meterla a la fuerza y que quede bien colocada, normalmente esto lo hacíamos el mismo día en la fagina sino no tenías tiempo, y siempre se te rompía algo a último momento, un botón, un gancho, un imperdible o las ligas que servían para colocarse las polainas, también tenías que echarle brazo a los bronces de la canana para que quede brillando, sino te arrestaban por mal presentado, que era algo común, nadie se salvaba de un arresto en esos ejercicios militares, siempre por ley uno salía premiado por alguna razón, ya seas

aspirante o cadete, solo se salvaba el de cuarto año.

Otra razón por la que los cadetes se esmeraban al máximo era porque a la compañía que mejor desfilase, se le denominaría la "Compañía Grau", y esta tendría beneficios como "salida general" un par de veces, ¡o salir francos desde el viernes!, así que los cadetes exigirían al máximo para que tuviesen el tan ansiado premio de ser de la compañía Grau.

Hacíamos movimientos con el fusil, o sea revoluciones, una, dos o tres revoluciones y quedaba bonito, era una competencia entre compañías, cada una ensayaba de manera aislada para no ver lo que hacía la otra, y al final se daría la pasada final en frente del oficial, o a veces del mismo Director, quien determinaría quien sería la compañía ganadora; uno de los movimientos que al público les encanta eran las famosas "media vuelta", que era en realidad un movimiento muy sencillo, en el que a la orden del jefe de compañía, girabas apoyando el pie izquierdo todo el cuerpo 180 grados y quedabas marchando en dirección opuesta, si se daba la orden dos veces, es decir, media vuelta! media vuelta!, debías girar dos veces y quedabas entonces marchando ya no en dirección contraria sino en la misma dirección; y eso se veía muy bien, claro algunos exageraban y ordenaban diez o quince media vueltas, claro que solo por figurar, algunos se equivocaban, no llevaban bien el conteo y terminabas chocando con el cadete de atrás y todo podría convertirse en un desastre; por eso era que mejor que la orden sea de solo tres media vueltas y ya.

Pero mi cadete jefe de compañía estaba arrestado, necesitaba salir franco como sea, y quería ser esa semana de la compañía Grau a

como dé lugar, así que decidió algo que nunca antes se había dado, dijo que la orden que daría en el estrado sería de *veinticinco media vueltas!* el pobre creía que con ese movimiento iba a revolucionar y lo felicitarían, y obtendría así el Galardón de la Compañía Grau, estaba loco era casi imposible decía.

El tiempo se acabó, las compañías estaban listas para pasar, había llegado el director, subdirector, y toda la demás Oficialidad de la escuela para ver el espectáculo privado, habría arresto? habría premio? quizás mi cadete jefe de compañía no estaba tan loco y gracias a él vería a Julissa.

La Banda de músicos inicia el desfile con la voz del cadete comandante, la marcha a tocarse en estos casos es la "Marcha Angamos" compuesta por Don Tomás Oliva, una verdadera obra maestra centrada en Miguel Grau y el monitor Huáscar, imprescindible en todos los actos de la institución, las compañías empezaron a moverse, las órdenes de los otros jefes de compañía se escuchaban a lo lejos, mientras nosotros íbamos avanzando de a pocos; ya pronto llegaríamos a la altura del estrado y allí sería el momento clave, seguíamos avanzando hasta que llegamos a la altura de la explanada adyacente a la cripta, ya era el momento, los cadetes se motivaban antes de comenzar, vamos carajo! tenemos que ganar! decía uno de cuarto, de ustedes depende mi salida decía el cadete de 4 año C. Britto, que siempre andaba bromeando, los demás también para no quedarse atrás y los vean que estaban exigiendo empezaron: aspirante levante la cara, saque pecho, alinéese!, yo me veía perfectamente alineado, pero la idea era esa, joder al de abajo, hasta que nos tocó el turno de pasar; ya nadie podía hablar ni gritar ni llamar la atención porque se vería mal, era solo momento de pasar, olvidarse de todo y concentrarse en las veinticinco media vueltas que ordenarían, lo haría? o se tiraría para atrás, no creo, en la promoción de mis patrones no había temerosos, eran medios osados, si fueran los de tercero quizá lo dude, pero aquí no, no se tiraría atrás.

_De frente! ...Marchen!, empezó.

_compañía!!... veinticinco media vueltas... Marchen!

Por Dios lo hizo!, no se cabreó, estaba orgulloso de mi jefe de compañía, y todos los cadetes de pronto estábamos perfectamente alineados, con un porte marcial único, y empezamos a dar las media vueltas sin problemas, uno!..., dos!..., tres!, empezó el conteo mental, ordenados, con una simetría inigualable, que hasta las cara del Director y todos los que estaban parados en la cripta observando, se quedaron sorprendidos de tal orden, quince!, ¡dieciséis!, ¡diecisiete!, teníamos que ganar y salir francos esa semana como sea, y si era así, podría ver a Julissa.

Julissa, que habría dicho tu carta?, que sería lo que me querías contar?, veinte!..., veintiuno!..., profesor de mierda como me fregó, veinti....veinti...cual seguía?, mierda! veintidós o era veintitrés?, por segundos perdí la cuenta, me puse pálido, frio, creo que estaba en el veinticuatro, mierda cual era no sé, y cuando di según yo mi veinticincoava media vuelta, osea la última, me di cara a cara con el cadete que venía atrás mío, al instante pensé que tonto, como es posible que se haya equivocado el cadete, o era yo? pero no podía ser, había contado perfectamente las veinticinco, bueno no tan perfectamente, Dios mío que no sea mi culpa, que no sea mi culpa, decía, y en esa fracción de segundos vi que los demás cadetes no habían girado, solo yo había girado, pero y si los demás estaban mal y yo bien? no, eso no creo, Dios creo que la embarré, la fregué, conté una media vuelta demás, y me hizo chocar fusil con fusil con el cadete de primer año Ricardo Guerra, uno que tenía cara de bruja afeminada que toda la tarde estuvo fastidiándome que muestre más porte, que levante la cara, que ponga más voluntad y bueno se armó el desorden es esa parte de mi sitio, giré velozmente para corregir y enmendar el error, pero todos se percataron del error, los oficiales se reían como diciendo que pena, por poquito y se llevaban el Galardón; no ganamos, ganó la *primera compañía,* la mía era la *tercera compañía,* y ellos la iban a ganar por segunda vez!, tendrían merecidamente su premio, su "salida general", y yo una semana más castigado esta vez por el cadete de primer año Guerra, por *"falta de voluntad para realizar correctamente los ejercicios militares",* no debí distraerme, no debieron ser tantas media vueltas, no debí pensar en Julissa, no debió estar el arañado de Guerra atrás, no lo sé, todo se confabuló, maldito profesor de mierda, no debiste haber roto nunca su carta

La Gran Parada Militar!!

Por fin se acabó el confinamiento y las otras dos semanas más adicionales que me quedé arrestado, y pude salir y ver a Julissa, era como si nos volviéramos a ver después de años, nos abrazamos y besamos tantas veces como pudimos, salíamos a pasear, de vez en cuando caminábamos por plaza san Miguel, otras veces íbamos a la Feria del Hogar y otras nos quedábamos en su casa, viendo películas, los domingos la pasábamos en la mía, almorzando con mis padres y mis tíos, mi madre estaba encantada con ella, la atendía como una reina, y mi tío Vitín el bohemio estaba hechizado por mi July, comía con delicadeza sin hacer caer la comida ni usar las manos; yo era medio chusco para comer, metía la mano a la carne o al pollo y me lo comía por trozos, pero ahora no sé porque pero ya comía diferente, creo que los lapos, y las comidas debajo de la mesa en la escuela, me ayudó a no comer así, ahora yo estaba también medio refinado y ella lo notaría.

_la otra semana es 29 de julio, vas a desfilar en la gran parada militar? me pregunto Julissa.

_claro amor, respondí orgulloso de participar en tremendo acto cívico militar a nivel nacional.

_te puedo ir a ver?, me dijo con emoción, esperando una respuesta afirmativa de mi parte, pero yo no quería que me viera, estaría nervioso, no podría ni siquiera mirarla, me podría distraer mirándola y me arrestarían, ya una vez había pasado, no quería que me sancionen otra vez...

_amor porque no mejor lo vez desde la comodidad de tu casa, lo van a transmitir en todos los canales de televisión, y es mejor que ir hasta allá, ni sitio vas a encontrar, va a estar repleto de gente. Traté de convencerla. Puso su puchero y asintió con la cabeza, bueno dijo, yo quería verte.

Todo el mes de junio y julio fueron intensos, habíamos ensayado hasta el cansancio, ya estábamos listos para la hora de la verdad, nuestro uniforme era el de invierno, el negro con botones dorados, guantes blancos, polainas y cananas blancas, nos levantaron a las 0330 am, ¡que abuso!, hasta las 0400 am. teníamos tiempo para bañarnos, afeitarnos, tender nuestras camas, y bajar a formación para tomar desayuno hasta las 0430 am; el desayuno era exagerado, había panetón, tamal, tacu tacu de lentejas con huevo montado, salchichas, huevo, cereal, café y leche, los panes a discreción, esto era con la finalidad de aguantar, ya que el tramo era duro, y no tener a algún cadete desvanecido por allí, como ya había pasado en diversas ocasiones según contaban los cadetes, hasta el más fuerte se podía desmayar; fuimos al pañol para recibir nuestros fusiles, con las cacerinas abastecidas, ya que el tema del terrorismo estaba incrementándose, y se temía que pudiese haber un atentado en pleno desfile militar, por eso íbamos con las cacerinas abastecidas, el cual significaría un kilo más al peso del fusil; a las 0510 am se tenía que formar en la explanada, allí estarían estacionados como quince buses "Marco Polo", nuevos, que nos trasladarían hasta el lugar del desfile, pero la orden de salida de la Escuela, sería recién a las 0600 am por la puerta principal, así que teníamos unos buenos minutos para dormir en el bus, que tenían unos asientos súper acolchados y cómodos, hasta que alguien por allí ordenaba salir del bus para volver a contar por octava vez, o cambiarnos a otro bus como tres a cuatro veces, yo no entendía nada de lo que pasaba, solo éramos como borregos que obedecíamos las órdenes, solo los oficiales discutían a un nivel en la que los cadetes, jamás entenderían las razones por las que se les cambiaba de bus, una y otra vez, solo queríamos sentarnos lo más rápido posible para poder dormir, aquí si estaba permitido hacerlo, nadie lo podría prohibir, apagaban las luces del bus y nos privábamos hasta las 0630 am., en la que todos los buses se juntaban con todo el Agrupamiento Naval, en la base naval del Callao, a lo que se le llamaba el "Rendevuz"; allí incluso se podía seguir durmiendo un poquito más, hasta esperar que se juntaran con los demás buses de las otras dependencias navales.

A las 0710 am salía todo el "Agrupamiento Naval" hasta el "campo de Marte", escenario donde se realizaría el desfile militar, íbamos escoltados por policías motorizados, a los que se les denominaba "liebres" para ir agilizando el tránsito.

Ya a partir de esa hora no podía dormir, me gustaba ver los rostros de las personas emocionadas, al ver pasar a como setenta buses en total de la Marina de Guerra, todos alzaban las manos emocionados saludando, otros se detenían para mirar, otros más patriotas saludaban al frente como militares, era muy emocionante ver ese sentimiento fervoroso de estas personas, me sentía como si fuésemos de la selección peruana de fútbol que se va a jugar al mundial y todos se despiden de ellos.

A las 0730 llegábamos al punto, bajamos todos, y nos formaron por compañías, la Primera Compañía del Primer Batallón, era las más perjudicada, ya que ésta, por ser la primera, estarían cerca al estrado principal, que es donde se desarrollaría toda la ceremonia y tendrían que estar desde el inicio, o sea desde las 0800 am, en atención!, para los honores al pabellón, honores a la llegada de cada autoridad, y todo lo que dure la ceremonia, y si había acción litúrgica peor!, ya que a veces tocaba esos padrecitos que la hacían más larga, y se jodían, mis respetos siempre para aquellos que en algún momento les tocó formar en esa ubicación, como los de la "escolta" por ejemplo felizmente la mía era la tercera del segundo Batallón o sea atrás, y no participábamos, solo estábamos a la espera del término de la ceremonia para empezar con el desfile.

A partir de las 0810 am. empezaron a llegar las autoridades civiles, congresistas, vice ministros, a algunos les tocaba rendirle "honores" a su investidura, como al presidente del poder legislativo, presidente de la corte suprema de justicia, presidente del consejo de ministros, ministros, entre otras autoridades, hasta que por fin a las 0900 am. llega la autoridad máxima del evento, el Presidente de la República, y generalmente pasa al costado de las compañías formadas y teníamos que ponernos todos en atención y presentar armas!, al toque de honores de la banda de músicos, fue realmente increíble, estaba pasando el Presidente! lo tenía a solo diez metros; desde las casas la gente gritaba eufórica, agitando sus pañuelos blancos, las mujeres tiraban rosas, los hombres aplaudían; el Presidente Fujimori siempre saludaba alzando la mano a todos, le gustaba darse ese baño popular, así que decidía bajarse de su vehículo y avanzar caminando hasta el estrado oficial, eso le encantaba al público y con mayor razón se enardecían de alegría.

El presidente se sentó y pronto se daría inicio al desfile; estaba sumamente nervioso, tenía miedo de que se me salga el zapato o se me rompa la liga de la polaina en pleno "Estrado Oficial", como muchas veces ha sucedido. Nos empezamos a mover, avanzábamos de a pocos, y pronto entraríamos en la gloriosa avenida de la Peruanidad, escenario de innumerables desfiles militares, en el Campo de Marte; Mi Compañía entró a lo largo y ancho de toda la avenida, en una formación de 9 x 8 cadetes, la Banda y el bosque de banderas ya estaban ingresando al ritmo de la Marcha Angamos, ambos lados de las veredas, estaban repletas de gente, sentadas en el piso, unas levantando a sus hijos en los hombros para que pudiesen ver, otras en sus sillas improvisadas, y los que se amanecieron sentados en las tribunas forradas de rojo y blanco;

El paso más enérgico y marcial lo tendríamos que dar al momento de pasar por "Estrado Oficial", donde estaba el Presidente y todas las autoridades militares y civiles, y este sería el famoso "Paso de desfile", en la que se tenía que levantar la pierna hasta arriba, de una manera simétrica, enérgica, pero sobre todo "elegante", lo que hacía diferenciarnos de los otros institutos militares, en la que priorizan la rigidez antes que la elegancia, y que para lograrlo tuvimos como mínimo, unos ciento cincuenta ensayos por lo menos, sin exagerar.

Seguimos avanzando y la gente ya nos empezaba a aplaudir, las chicas gritaban con piropos elegantes que te hacían sonrojar, algunas tiraban sin mentir, sus prendas interiores, pero mi July no había ido, me hubiera gustado que vaya; pucha para que le dije que no, que tonto que fui; podía recordar aún su carita y el puchero que me puso cuando le dije que no vaya.

En ese momento una chica aparece de entre todo el público, se hizo a un lado a la gente y se puso en la baranda al lado de la pista, ¡era Julissa!, sí había ido a verme!, estaba con una amiga, me miró toda linda, emocionada y me saludó con la mano, luego me envió un besito volado, y yo solo me sonreí disimuladamente, no se lo pude devolver para no hacer mucho aspaviento, el cadete de cuarto C. Britto, que lo tenía atrás, me dijo con sus ojos de pericote goloso, perro, ese material es suyo?, ¡negativo cadete! contesté marcialmente; luego me sentí peor que Pedro negando a su maestro Jesús, ¡yo negaba a mi chica!, bueno al menos fue solo una vez y no tres veces, como lo hizo el desgraciado ese pensé.

¡¡¡Paso de desfile!!!…. ¡¡Marchen!!

Pasamos por el estrado, eran solo segundos pero que se hacía una eternidad, los zapatasos en el piso hacían levantar el polvo de la pista, las cámaras de televisión se metían entre filas para sacar su mejor toma, y todos cantando la marcha a todo pulmón, de pronto ya los habíamos dejado atrás, lo hicimos bien muy bien, estuvimos alineados, marciales, con porte militar exagerado, se notó que pasamos excelente, y por eso una vez que dejamos atrás el Estrado Oficial, pudimos estar tranquilos, ya de allí para adelante todo sería para la gente, así que comenzamos a dar órdenes más atrevidas que en el estrado no se darían jamás como media vuelta!, media vuelta!, al ristre armas, y otras más por allí, pero lo que a la gente más le gustaba era el paso de desfile, querían que levantemos las piernas, así como para el estrado oficial, y para complacerlos los cadetes jefes de compañía lo hacían, pero siempre guardando piernas para llegar hasta el final.

Ya cuando íbamos por las últimas dos cuadras, la gente pedía a gritos: paso de desfileeee!!! paso de desfileeee!!, ya aquí no nos importaba nada, estábamos extenuados, agotados, literal muertos, ya no había piernas y los zapatos, unos bates negros duros, porque eran nuevos, estaban destruyendo nuestros pies, solo queríamos llegar lo más antes posible al bus y terminar con todo.

Al regreso a la escuela, en el bus no había ningún cadete despierto, todos estaban muertos durmiendo, nos quitamos los zapatos, las medias estaban pegadas al pie, no querían salir, se podían observar unas verdaderas ampollas, no las que te salían en los ensayos, estas sí que eran grandes; nos bañamos y nos cambiamos para salir francos.

El director envió una felicitación a todo el regimiento por la extraordinaria pasada que dimos, fuimos lo mejor de lo mejor, superamos a nuestros colegas del ejército, la Fap, la felicitación recayó específicamente en los cadetes de la escuela naval, así que, el cadete comandante Vílchez leyó en voz alta a todos, la "Orden del Día" por el cual el director felicita al Regimiento y otorga a todos.... "Salida General"!! ...se escuchó gritos, aplausos de los cadetes de cuarto año, muchos estaban arrestados, Britto de hecho, así que, todo el mundo a cambiarse y a salir franco!, ¡eran fiestas patrias!! habría que celebrar, yo estaba franco felizmente como nunca!, así que nos cambiamos y salimos.

Al llegar otra vez a mi casa todos me felicitaron, me habían visto por la tele, y se sentían muy orgullosos de mí, luego me cambié y me fui a buscar a Julissa, cuando me abrió la puerta salió corriendo y se me aventó a los brazos; estuviste lindooo!! me dijo, la abracé

fuerte y le di un beso tierno, te extrañé le dije, te extrañé mucho.

PARADA MILITAR

Avanza, la Banda de Guerra de la Marina y el Bosque de Banderas por la Avenida de la Peruanidad en el Campo de Marte, escenario de la tradicional Parada Militar.

La tía Pilar

El equipo de remo, llamado también el "Glorioso equipo de remo", por su historia, por su mística, sus logros, desde hace muchísimos años atrás, practica esta disciplina, en la que combina su extenuante entrenamiento en el bote desde las 0440 am, (un promedio de cinco a seis horas diarias), con su espíritu de lucha, por encima del dolor y del cansancio, sin descuidar la parte académica y disciplinaria de su formación como futuros oficiales de la Marina de Guerra; esta vez, había obtenido el campeonato en los juegos panamericanos de Cuba, dejando atrás a clubes como el Regatas Lima, Canottieri, Universitario y Unión, entre otros, y el premio lo disfrutaríamos todos, gracias a los mejores remeros que teníamos, estaban: *Cavero, Cacho, Coronel, Robledo, Oliva, Nieri, Aguirre, Zuazo, Everet, Gfeel, Hubby* , el único aspirante que remaba y sacaba medallas de oro como ellos, era mi compañero *Patricio Arce,* que era demasiado bueno y siempre que competía en su categoría sacaba su medalla de oro de todas maneras.

Si no fuera por ellos no estaría acá, pensaba, gracias remo, creo que ya es hora de meterme al equipo, aunque el judo me estaba gustando, ya había aprendido varias llaves y buenas técnicas para pelear, pero mi mente seguía en el remo.

Sonó el teléfono de mi casa era Dietter Gardella mi compañero...

_oye que vas a hacer ahora? me dijo ...

_Ahorita nada, pero más tarde voy a ver a Julissa, le contesté.

_quien es Julissa preguntó, riéndose

_mi enamorada pues huevón, contesté.

Dietter siempre andaba rodeado de buenas chicas; pero esta vez dijo: escucha, estoy con unas viejas acá, que quieren ir a la playa, tienen carro, plata y te ponen absolutamente todo!, comida, trago, hotel, ¡todo! quieres ir? me preguntó.

Su propuesta sonaba demasiado tentadora, pero eso no le podía hacer jamás a Julissa;

_ a qué hora? le pregunté; en media hora te pasaríamos a recoger, estoy solo con las tres, necesito apoyo naval, compañero culminó.

No podía abandonar a mi compañero en esas circunstancias, además regresaría rápido y en la noche podría ir a visitar a July, pensé.

_ya está bien, pero nos regresamos en la noche, porque mi enamorada me mata si se entera...

A los veinte minutos estaba Dieter con esas tías en la puerta de mi casa, mi mama me dijo, hijo hay una señora afuera creo que es la mamá de tu compañero Dietter que han venido a dejarte algo creo; señora?¡ mierda eso no sonó muy bien que digamos, salí rápido y era un carro Nissan blanco medio deportivo, el capote de arriba se levantaba; ¡entra! me dijeron, adelante manejaba la tía mayor, tendría sus cincuenta años, al costado estaba Dietter con sus lentes oscuros, y atrás dos tías más pero más jóvenes, una de ellas estaba muy bien, se llamaba Pilar, tenía su pelo cortito, lacio, rubio pintado, unos lentes de sol Gucci originales, se le notaba súper elegante, tendrían más o menos cuarenta años las dos..

Entré al auto y nos fuimos, me senté atrás entre las dos tías, cada una con su cerveza en lata en la mano, la radio estaba a todo volumen, y la música que pasaba en ese momento era esa de Pedro Suarez Vértiz...

"Por la carretera Cruzando la frontera una linda morena me dijo llévame, yo me acomodo atrás", ...

las tías cantaban gritando, y dando pequeños brincos en el auto, ya estaban empiladas.

Me acerqué suavemente hacia Dietter y en su oído le dije sin que me escucharan:

_ahora sí que te pasaste de sin vergüenza...no seas malo!, Dieter soltó a carcajadas, agarra tu chela nomas chochera.

Al llegar a Pucusana, entramos a la casa de la tía mayor, ella mandó traer comida, cebiche, chicharrón de calamares, pulpo al olivo, y más y más cervezas, luego ya bien pasados de copas nos fuimos a la playa, en la arena había como puestitos donde se podía comprar más trago, la música sonaba igual desde un parlante gigante colocado a unos metros, yo ya estaba medio ebrio, y la tía Pilar, mucho más; me sacaba a bailar y se pegaba demasiado a mí, me rosaba con su cuerpo, me metía su pierna entre las mías, y de vez en cuando rozaba su boca con la mía, hasta que logró besarme, sentía su lengua hasta mi garganta, yo miraba a Dietter como para

decirle, ya vámonos, pero vi que él también toreaba a la tía mayor, que parecía haber perdido la cabeza por él, quería besarle en la boca pero Dietter la esquivaba sonriéndose, compra más trago le decía y la tía pedía otra ronda más, y así estuvimos toda la tarde.

Al regreso eran como las 7 de la noche, estaba demasiado ebrio, en esas condiciones ya no podía ir a ver a Julissa, que mal enamorado era, como pude hacerle esto, me sentía pésimo, pero ya no podía reaccionar todo se veía borroso, estaba atrás del auto con Pilar que no paraba de besuquearme, luego se me puso encima, y así hasta llegar a su casa, vivía en Miraflores, en un departamento muy bonito, se despidió de todos y me sacó del auto, me dijo que descanse un rato en su casa, me despedí de Dietter, este literal se mataba de la risa y me dijo mañana te llamo y se fue con la amiga, no vi a donde.

Entramos a su departamento ya me había dicho que era separada, y que vivía sola, pero debía ser mentira, porque por allí vi una foto de al parecer su actual pareja, me sorprendí del baño!, era lleno de detalles de lujo, la tina era grande, de color madera, la puerta de entrada a la ducha, era de luna polarizada corrediza, con un diseño barroco elegante, en mi casa aún usábamos la clásica cortina floreada de plástico con bolsa, sujeta a ganchos, la mitad de ellos rotos e inservibles; en la parte de adentro habían muchos botones y perillas, no sabía para que era cada uno, era una ducha española, no sabía cómo encenderlo, lo abrí de casualidad y para cerrarlo tuve que llamarla, se quitó la toalla, su desnudez me impresionó, se veía diferente, tenía un cuerpazo, su piel era blanca, su barriga plana, no tenía estrías ni rollos, parecía orgullosa de su cuerpo, sus senos aún seguían firmes, estaba totalmente depilada, sufrí de inmediato una inevitable y fuerte erección, ella lo notó, y sin dudarlo se metió a la ducha conmigo, me empezó a besar y terminé finalmente haciéndole el amor, primero en la ducha, luego sin secarnos fuimos a la sala, los muebles se mojaron, luego lo hicimos en el piso, se cayeron algunos adornos, y finalmente terminamos en su cama.

En la madrugada hubo una faena más, estaba como toro ordeñado, me sentía algo desnutrido, y me quedé profundamente dormido, y a eso de las seis de la mañana, de un grito inesperado, se levantó y me comenzó a despertar, yo seguía privado en esa súper cama King, con sus sabanas de terciopelo de color marfil; tienes que irte! tienes que irte!, levántate, tienes que irte! me gritó, yo me asusté, me cambié y le pregunté, no que estabas separada?; es una historia larga otro día te cuento solo vete de una vez, por favor me dijo Pilar.

_pero no tengo nada de plata le dije, ella corrió a su cartera y sacó un billete, este era de cincuenta dólares!, toma llévate esto, me sentí realmente terrible, un trabajador sexual!, un gigoló!, pero bueno, la propina no estaba para nada mal, la tomé y me largué; afuera mientras esperaba cambiar el billete en el grifo de al frente, observé que llegaba un auto lujoso, bajó un señor mayor, tendría sesenta por lo menos, ella le abrió la puerta y lo saludó con un beso en la boca, era su pareja.

El rico Porrish...

Hola july, quiero decirte que, ayer mi amigo Dietter me obligó a salir con unas tías y nos fuimos a la playa, comimos gratis, bebí con ellas demasiado y terminé en la cama con una de ellas, podrías perdóname?...

...no, no sonaba bien, ella no me lo perdonaría jamás, terminaría conmigo en el acto, mejor reseteo y olvido las ultimas veinticuatro horas de mi vida, es mejor mantener la boca cerrada, ella nunca se enteraría y yo nunca más me acordaría de aquel nefasto y apetitoso suceso; cómo era? nueve, veinticinco, mmm, veinticinco o veintiséis, que estoy haciendo!, dije que me olvidaría de lo que pasó, así que eso implica olvidarse hasta de su número de teléfono también.

_amor ayer me fui con unos amigos al Remanso y nos quedamos en el búngalo que tiene el papá de mi amigo Dietter allá y como éste se pasó de copas, ya no le quiso dar las llaves del carro para regresarnos, así que todos nos quedamos allá a pasar la noche.

El Remanso es un club de invierno solo para los Oficiales y sus familias, es envidiable, solo la Marina tiene clubes que son de lujo para sus socios, para que, se esmera en siempre mejorar y remodelar, tiene el balneario en Ancón que es fuera de serie, y entre otros uno de invierno que queda en Chosica, allí hay caballos, botes pedalones, cuatrimotos, piscinas con bares dentro, canchas de tenis, fulbito, básquet, búngalos, zonas de camping, de parrillas, shows por las noches, karaokes, mini markets, en otras palabras, diversión asegurada, una vez se presentó el grupo musical "Los no sé quién y los nos cuantos", en la inauguración de la temporada, y como todo club campestre, está alejado de Lima, y si te pasas de trago lo mejor era quedarse y no manejar en ese estado por la carretera.

Mi cuartada estaba perfecta, no tenía cómo enterarse tampoco de que los cadetes estábamos prohibidos de ir al Remanso, ya que éstos normalmente terminaban emborrachándose, levantándose a la hija de algún comandante, faltándole el respeto a algún Oficial, orinando en la calle, en fin, lo que te hace hacer el alcohol cuando ya te has excedido en demasía, y se exponían a sanciones disciplinarias muy rigurosas, y además las sanciones por faltas cometidas en la calle valía el doble, en otras palabras hacían muchos destrozos, por eso lo prohibieron, pero si tenías a un familiar naval dentro de un bungalow se podría permitir; bueno no creo que ella tenga porqué saber todo esto, así que mejor lo obvio, y ya.

_Pero a mí me han dicho que te han visto en Pucusana, dijo Julissa...

_whuuuuuaat!!!! mis ojos se abrieron como platos, me quedé como paralizado, pasmado, enmudecido, quien podría haberle contado el chisme, quien me habría visto, que salado, bueno yo sabía que en la escuela reina la chismosería, pero era imposible, a ella nadie la conocía, no podía ser por ese lado, tendría que ser uno de sus amigos algún imbécil que me conoce y que quiere estar con ella y que no encuentra mejor oportunidad que esta para apuñalarme.

Un poco más repuesto, no me quedó otra cosa que hacer la de mi papá, o sea la del cínico "niega todo hasta la muerte hijo".

_quien te ha dicho eso? pregunté con cara de asombro, como tratando de ganar unos pasos en mi batalla con ella.

_alguien, no te lo puedo decir, me dijo.

_Pucha mi amor le dije, si eso fuera verdad, entonces la persona esta, no tendría ningún reparo en mostrarse, de hecho, si no lo hace es porque seguro es un chico al que tú le gustas y estaría feliz de vernos terminar, es así o no?

Se quedó callada y creo que la convencí, hasta yo me convencí, solo tenía que saber quién era ese chismoso que me quería serruchar, y si a ella le gustaba, o que tan peligroso pudiese ser, así que pronto tomaríamos cartas en el asunto.

Pasamos a olvidar todo, gracias a Dios, la tomé de la mano y fuimos a mi casa, estaban todos allí tomando, y comiendo parrilla, comimos un par de anticuchos y unas alitas que mi mamá las preparaba de manera espectacular, le echaba sal, sillao, un poco de limón y le salían doraditas y jugosas; luego nos fuimos a su casa caminando para ver películas, y poder estar un poco más en nuestra privacidad.

Me despedí de ella, sintiendo nuevamente su perfume, su aroma de inocencia e ingenuidad, nunca más arriesgaré esto tan bonito, tierno y sincero que tengo, por alguna aventurilla alocada, imprudente e irresponsable; me fui rogando también que la semana siguiente pudiera salir franco, ya que, por alguna razón, había incrementado mi número de "Puntas" y me era muy difícil poder estar franco sábado y domingo.

El cadete de Guardia de cocina salió corriendo de esta, cruzando el comedor a toda prisa. Y se dirigió hasta donde estaba la "Mesa Chica," quería informar de algo al Cadete Comandante Vílchez Concha, parecía ser algo importante por la expresión que tenía en el rostro, se puso a su costado y esperó que lo atendiera, pero como normalmente sucedía, éste no lo hacía de manera inmediata, ya que en su mesa tenía almorzando con él, al Oficial de Guardia de ese día, y era el Teniente R. Goyzueta, nada menos, más conocido por los cadetes como "el conde", por su gran parecido al Conde Drácula y éste le estaba conversando al cadete comandante Vílchez sobre algún tema en particular, una ligera pestañeada y sería vilmente succionado por el vampiro por falta de cortesía, tenía que obrar con cuidado, esperar que deje de hablar, para recién pedirle permiso para atender al "cadete de guardia" que estaba parado al costado, rogando que no vaya a ser un incendio en la cocina, porque ya después de ese tiempo sería tarde la reacción; luego de diez largos minutos, incluso ya había terminado de tomar todo mi cuáquer, se pudo atender finalmente al cadete de guardia de cocina, pero el rostro de Vílchez denotó una inacostumbrada expresión de preocupación, luego volteó hacia el Oficial para pedirle permiso para retirarse de la mesa, y comunicar algo a todo el Batallón en el comedor...

_ Silencioooo!! gritó el Cadete comandante, era la orden para dejar de comer, dejar de hablar y prestar atención a las indicaciones u ordenes que daría el más antiguo.

_"Ningún cadete...ingerirá el cuáquer!!...por ningún motivo!!

...Continuaaaaar !!! terminó.

Una sarta de carcajadas burlonas a lo lejos se escuchó, eran también de cuarto, estos seguramente aún no se lo habrían tomado, sin embargo, se veían caras de preocupación en las otras mesas, me imaginaba que de algo malo trataría, que habría pasado, me preguntaba.

Solo dio la orden, no explicó más, luego cada cadete de cuarto, jefe de mesa, llamaba al de cocina para que le explique el motivo de la orden; al pobre cadete lo habrían llamado unas sesenta veces a explicar lo mismo a todos; ¿sería que se haya encontrado una rata muerta en el cuáquer? no creo, pensaba; gracias a Dios no fue algún roedor, pero sí fue un gato, se había encontrado un gato muerto en la parte de al fondo de la olla donde preparaban el cuáquer para todo el Batallón.

Ya era demasiado tarde, si tan solo lo hubieran atendido solo diez minutitos antes, me salvaba!, decía; todos los cadetes se habían tragado el cuáquer, era lo primero que comían ya que era lo mejor del desayuno, le agregaban sus dos sobrecitos de leche Anchor en polvo, su latita de leche condensada, un poco de fosh y su caja de Crujis, a todo este menjunje se le conocería con el nombre "Porrish" nunca supe porque, pero era poderoso, contundente, mazacotudo, te aseguraba por lo menos las tres primeras horas de clases desnucado, pero también era muy sabroso y claro ahora con sabor a gato muerto.

El Técnico Quelopana...

A la mitad del Batallón le cayó mal el Porrish, pronto se empezarían a notar los primeros estragos, los baños estaban repletos, algunos se fueron corriendo a la enfermería, yo fui también para pedir unos medicamentos, por si me empezaba a doler el estómago más tarde.

En la enfermería siempre atendía un Técnico enfermero naval, casi nunca el doctor, a pesar de que había siempre uno de guardia, pero éste se la pasaba o durmiendo, o mirando televisión en la salita de star que había para ellos, solo en casos extremos ya salía a atenderte y a darte su receta médica milagrosa multiusos, que había en abundancia en la escuela y con la que se curaban todos los síntomas, éste era el "Diclofenaco", este fármaco antiinflamatorio, era usado para todo, te la recetaban en pastilla, jarabe o inyección, si tenías fiebre Diclofenaco, si tenías escalofrío Diclofenaco, si te dolía la muela Diclofenaco, si te dolía el estómago, Diclofenaco, hasta que un día un aspirante fue por que sentía mucha fatiga y para su sorpresa también igualito le metieron su Diclofenaco;

Además había un doctor que laboraba allí, que respondía al nombre de "Murueta; éste tenía fama de haber dejado cojo a la mitad del Batallón con sus no tantas destrezas médicas y torpes movimientos; te hacía primero recostar en la camilla boca arriba para examinarte, luego te agarraba de una pierna, y te la empujaba hasta el estómago, a la vez te presionaba con sus dos dedos que parecían dedos de albañil o de constructor civil, hasta el fondo y después de escucharte chillar, te decía el muy desgraciado ..., *"no es apendicitis, proceda nomas cadete"*, otras veces cuando te ibas por lumbago, te doblaba las dos piernas, con suma tosquedad y te hacía ver al mismo Judas, ... *"no tiene nada cadete, vaya nomas"*; por eso ya nadie quería ir a la enfermería, te daban tu pastilla de Diclofenaco y te mandaba proceder, me imagino que la idea era ver la mínima cantidad de cadetes posible en el día, creo que había regresado de la zona de emergencia, por eso no era tan delicadito que digamos, parecía un carnicero que estaba trozando la carne de sus reses para colgarlo en sus ganchos.

El técnico que atendía más bien, era todo lo contrario, tenía como veinte años trabajando allí, por alguna razón no lo mandaban a otra dependencia, era conocido y estimado por todos, era de contextura muy delgada, de piel negra, era muy buena gente, siempre andaba sonriendo, y dejaba relucir un diente de oro en medio de su enormes dentadura blanca, tenía un timbre de voz medio peculiar, sus movimientos eran parsimoniosos, él mismo te ponía las inyecciones, te conversaba, hacía bromas, y hasta a veces te leía las cartas, era magnífico en esto de leer el futuro y como éste fumaba como chino en quiebra, te cobraba a veces con una cajetilla de cigarros la leidita.

Los cadetes lo iban a buscar más que nada para lo de las cartas, decían que era muy bueno, te presagiaba cosas que se llegaban a cumplir en el futuro, hasta pequeñas colas se formaban afuera; cuando me atendió me entregó las pastillas para el dolor de estómago, diclofenaco claro, me dio como diez y antes de irme, no me

aguanté y le pregunté, una consulta técnico, también lee cartas?, él se sonrió y me dijo claro!, diez soles y te las leo, de inmediato accedí, esperé que atendiera a un cadete más y me llevó a su cuartito al fondo, allí había una mesita metálica con una lámpara pequeña, dos sillas, un armario para poner algunos medicamentos, abrió el cajón de la mesita de color gris, sacó su manojo de cartas, eran cartas astrológicas del Tarot, estaban viejas por el uso, parecía de la época medieval, olía como a incienso parece que había estado prendido uno hacía poco rato atrás, no parecía tanto un ambiente hospitalario sino más bien parecía esos cuartos donde el vidente te va a ser una sesión espiritista, ya me estaba dando un poco de miedo; siéntate me dijo, empezó a barajar las cartas y mientras lo hacía se concentró y cerró los ojos, dijo unas palabras que no entendí, que quieres preguntar me dijo;

_Quiero saber si a mi enamorada Julissa, la está pretendiendo otro chico, y quien es, a ver si voy a romperle la cara.

_ Ok, vamos a ver que tenemos por aquí, Julissa no, mmm, guau!!, dijo con cara de sorpresa el Técnico Quelopana, Tres de copas invertido! es raro que salga desde el comienzo, continuó, y que significa eso, le pregunté impaciente.

_ Normalmente es engaño; la sangre se me subió a la cara,

ya lo sabía, lo sabía, alguien me estaba serruchando; pero cuando sale invertido el engaño es de quien consulta las cartas en este caso sale que tú la has engañado, no ella, sentenció.

Sus palabras me dejaron sin aliento, la sangre que la tenía en la cara ahora se congeló, no sabía dónde meterme; ¿estás seguro? le

pregunté; completamente contestó, hay una tercera persona que se va a meter en tu relación es una mujer y es mucho mayor que tú, debes cuidarte porque si cedes, podrás verte envuelto en un triángulo amoroso perjudicial para ti y tu relación; queeeeeee! este sí que era un capo, como era posible que me haya descubierto!, hasta allí los diez soles estaban muy bien pagados, mejor cambio de tema antes que lea lo de la tía Pilar.

_ y como me va a ir en este segundo semestre, podré graduarme como cadete?...

_ mmm a ver veamos, cinco de oros invertido; y que es eso le dije; es un arcano normalmente te ofrece un mensaje de esperanza y superación normalmente en tiempos difíciles, al revés te indica que verás la luz al final del túnel, saldrás airoso de todas tus batallas por más difícil que parezca, sí lo lograrás, terminó; y mi amigo Jaramillo? también lo logrará?; dile que venga con su cajetilla de cigarros y lo vemos, pero en una hora porque tengo que atender a un cliente especial, contestó.

Al salir estaba estaban dos cadetes de primer año sentados esperando su turno, parecían caseritos, saludé de prisa, solo reconocí a uno, su placa decía F. Granthon, este no parecía estar mal del estómago, me imagino que sería para lo de las cartas.

Navegación astronómica

...finta naval

Con Julissa las cosas se iban poniendo cada vez mejor, y más aun sabiendo que no había nadie que me la quiera quitar, mi amor por ella y mis cartas del Tarot, me habían dado una ligera confianza, la cual me caería muy bien para continuar ya que se vendrían una serie de actividades más, desconocidas para mí, y que las tendría que afrontar con aplomo.

Una de las cosas que más nos gustaba con July era sentarnos en una banca desocupada que había en el parque, y disfrutar de esas noches en el que el cielo se ponía estrellado y dejaba ver con toda claridad, un montón de estrellas, y miraba al cielo ella maravillada, contemplándolas a cada una de ellas; Un día dijo sorprendida por ese espectáculo celestial, ¡mira mi amor!, las tres Marías allá que lindo!!...

_y sabes cuáles son esas tres Marías?, le pregunté abrazándola, como jugando al profesor y la alumna, aunque suene poco pervertido; ella se sonrió y contestó, mmm una sé que es María la madre de Jesús, las otras dos no lo sé, tu dime; lo dijo con tal ternura que me provocó besarla otra vez; mire señorita le dije jugando, a partir de ahora olvídese de que se llaman así, está bien?;

obviamente yo sabía que la otra se refería a María Magdalena, pero la otra no tenía ni idea, y ya después averiguando supe que era María la mujer de Cleofás, hermana de la mamá de Jesús es decir su tía, pero yo quería impresionarla, con otra cosa, no podía caer en un tema básico de religiosidad, había que hablar con objetividad, al menos hacer la finta, la finta naval! así que recordé las clases de Navegación Astronómica que dictaba el profesor Salerno...

Este curso se impartía a los cadetes en sus primeros años, su objetivo es que quien complete el curso, esté capacitado para orientarse con referencias astronómicas, no solo en el océano sino en cualquier lugar donde haya visión de la esfera celeste. Si bien los casos y ejemplos están planteados desde una perspectiva marinera, su contenido también puede ser aplicado no sólo en alta mar, sino también en tierra firme, bueno al menos así dice el objetivo en la currícula del curso, suena bien, yo le agregaría un poco más..." y también para poder figuretear con la novia".

Ella pensaba que era importante para nosotros aprender a orientarnos para en caso de naufragio por ejemplo, como si cuando estuviésemos en el océano, levante la cara, identifique a las estrellas y sepa a hacia donde nadar, eso ni en las película; claro que sí ! le dije, así se figuraba con las chicas, ellas pensarían que éramos todos unos navegantes, en realidad, nunca conocí a algún Oficial que practicase la navegación astronómica en su carrera, lo más práctico cuando se está navegando, es tomar las referencias desde tus equipos de navegación, que cada vez son más modernos, radar, carta electrónica, brújula, radio VHF, ya nadie mira al cielo para posicionarse, el que lo hace es porque está enamorado; lo que miran más bien, son sus equipos de navegación, y lo hacen de manera permanente, por lo que se establecen guardias para estar pendientes de cada equipo de navegación, y si por algún motivo debes abandonar el buque, pues para eso están las balsillas salvavidas

asignadas a cada tripulante, que tienen una serie de materiales como cuchillos, cabos, linternas con baterías, espejos de señales, bengalas y cohetes de señales, botiquín de primeros auxilios, silbatos, todo esto para tratar de mantener con vida a sus ocupantes hasta que llegue el rescate, no hay nada como sextante, astrolabio, tabla de desvíos, almanaque náutico que tenga que ver con la navegación astronómica; así que si tienes suerte te rescatan y si no pues a navegar siempre al Este que es por donde sale el sol, allí más que seguro encontrarás *Tierra Firme* y hacer lo mismo que la película "el náufrago".

Entonces porque es que seguimos este curso, pensaba, ni que estuviéramos en el siglo XV en donde los antiguos navegantes se lanzaban al mar abierto para realizar sus grandes exploraciones, para ellos no existía aún estos equipos de navegación, por eso cuando se alejaban de tierra había que tomar nuevas referencias y el cielo sería su única alternativa, se vieron obligados a posicionarse tomando como referencia a la estrella Polar, marcándola antes de partir, hasta pasar por el meridiano, y así determinaban la latitud en la que se encontraban, a través de un cálculo llamado diferencia de alturas de esta estrella universal para todos los navegantes; asimismo con el Sol, en la que había que medir su altura sobre el horizonte; pero hasta ellos en esa época usaban el Astrolabio, instrumento que te daba este dato de la altura del sol sobre el horizonte, pero nosotros estudiábamos para en caso hubiera un cataclismo, perezca toda la civilización y su modernidad, nos quedásemos sin ningún instrumento de medida, y ser de entre los sobrevivientes, los únicos preparados para hacerlo de manera matemática.

Está bien que no se deba perder nunca la esencia de lo que es ser un marino, pero aquí no se forma para nada a un marino, sino más bien a un matemático, al tener que estar calculando las medidas angulares, los datos sexagesimales, radiales, pasarlos a sus sistemas convencionales de medidas etc., por esa razón caían muchos, se jalaban a más de la tercera parte de una promoción, muchos repetían el año, y otros eran dados de baja por académico al tener más de tres cursos desaprobados entre ellos éste, un curso cuya enseñanza, jamás, en la vida de un oficial, se iba a usar de manera provechosa.

Lo que pasaba conmigo era que, entendía perfectamente lo que el profesor decía, era cuestión de ni siquiera pensar, todo era mecánico, suma, resta, conviértelos a sexagesimales, haz los cálculos, trázalos en la carta de navegación, posiciónate, y da tu respuesta en grados, minutos y segundos, era sencillo, pero por cosas que siempre se escapaban, nunca daba con la respuesta, y al final daba la posición de mi buque lejos de la zona donde debería estar, a veces mi posición salía por la sierra peruana, otros por Iquitos, otros por Japón, y decía mierda! ya la cagué!, pero en qué?, tenía que volver a revisar todo desde el comienzo te tomaba toda una hora más, hasta que por allí te encontrabas con el error, que era en un signo negativo que no le pusiste al error de giro por ser Oeste (W), y te mandaba por otro lado, y te jalaban en la prueba.

Al menos yo sí pude sacarle provecho a mi curso, la clase de las estrellas que forman la costelación de Orión me había gustado, y la tenía en la cabeza aún;

_puedes ver a esas cuatro estrellas que envuelven a las tres Marías?, pregunté; sí, me dijo, y proseguí:

_"pues esa es nada menos que una constelación, su nombre es Orión es una de las más prominentes, quizás la más conocida del cielo, sus estrellas como vez son muy brillantes y esa que está allí la de color rojo se llama Betelgeuse, puede verse desde ambos hemisferios, por eso es que esta constelación es reconocida mundialmente, durante el invierno la constelación es visible a lo largo de toda la noche, pero solo en el hemisferio norte, ahora, continué, esas tres estrellas que están dentro una seguida de otra a la que le dicen de manera simbólica las tres Marías, se le llama el Cinturón de Orión y cada una tiene su propio nombre, Alnitak, Alnilam y Mintaka, se lo dije apuntando con mi mano a las estrellas.

Su rostro empalideció, sus ojos brillaron de emoción, Guaauuu! dijo, como es posible que sepas todo eso!, nadie en su vida le había explicado con tanta seguridad y determinación los secretos del cielo, solo un marino lo podría hacer, un naval, claro ella no tendría por qué saber que estaba jaladaso en ese curso y que era solo la única constelación que me la había aprendido de memoria; a nosotros nos enseñan a identificar las estrellas, dije presumiéndome de ello; o sea que te sabes el nombre de todas las estrellas? preguntó; claro que sí, respondí con acento de orgullo y pronto le cambie de tema no iba a ser que me preguntara por el nombre de otra y no sabía más, pronto me acordaría de las palabras de a un Almirante, el Almirante Reynaldo Pizarro, que en cada reunión decía entre risas "somos pura finta naval, ¡en eso, nadie nos gana!".

TRES

...mal perro, mal cadete.

_ *Camarote atención!* ...gritó con todas sus fuerzas Mauricio, como es costumbre cada vez que ingresa al camarote algún cadete de año superior, esta vez eran tres cadetes de cuarto año, entre ellos el "*Mostreco*", ya estábamos en el mes de setiembre, y esto los tenía bastante inquietos, nerviosos, ya que faltaba poco para la tan ansiada graduación, la fecha se les había adelantado, y dejarían la Escuela a fines del mes de octubre, por esa razón se ponían a pasear por todas las cubiertas, a ver de qué manera se podrían entretener, y claro que mejor que con los perros; al Mostreco le gustaba agarrarme de la oreja y hacerla tronar, a eso se le llamaba una "callampa", si el cadete tenía cierta destreza en hacerla, le salía bien, daba un sonido como un palmazo, seco y fuerte, no te dolía y tú te sonreías o te chicoqueabas con el cadete, normalmente era una especie de cariño que te hacían, para que te engrías, como un cachorro con su amo, pero si el cadete era torpe en hacerla, la callampa salía mal, no sonaba nada, pero te raspaba la oreja y te la dejaba roja e inflamada, por varios minutos, pero esa destreza solo se podía conseguir con la práctica.

Un día el Mostreco me pidió caramelos y para variar no tenía, luego me pidió cigarros y para mi mala suerte tampoco tenía, así que harto de mí, me agarró a callampasos diciendo:

_ *"Tienes que aprender a ser un buen perro porque, si eres un mal perro"*, y justo aquí me metió la primera callampa, "serás mal cadete de primer año", continuó: "*y si eres mal cadete de primer año"*, y aquí me metía la segunda callampa, "*serás mal cadete de segundo año,"* siguió; *y si "eres mal cadete de segundo año"*, aquí me metía la tercera, "s*erás mal cadete de tercer año"*, y "*si eres mal cadete de tercer año"*, aquí me metía la cuarta callampa, todas mal hechas por cierto, ya sentía que mi oreja estaba quemando; "*serás mal cadete de cuarto año"*; al fin llegamos a cuarto año pensé ingenuamente, pero él continuó con los grados de Oficial! no lo podía creer, así que continuó: "y si eres mal cadete de cuarto año, serás mal Alférez de Fragata!, luego venía: mal teniente segundo, mal teniente Primero, mal Capitán de Corbeta, mal Capitán de Fragata, mal Capitán de Navío, mal Contralmirante; hijo de perra y siguió hasta Vicealmirante, y así me tuvo; la próxima vez me dijo, te cuento también por años de cada grado, o sea cinco años por cada uno de los grados nombrados, hasta que un oficial pasa al retiro, serían un promedio de 35 años.

Y para mi mala suerte, siempre me encontraba en alguna falta y ya sabía lo que iba a hacer, pero a veces se aburría y lo dejaba hasta cadete de cuarto año, era buena gente, después de todo tenía razón en lo que decía.

Al menos prefería eso que otras cosas que por ahí un par de desadaptados se les ocurría hacer, una de ellas era la Tortura China, que se la había inventado el cadete de cuarto J. Arco, a ningún otro cadete vi haciendo lo que éste hacía, te metía con otro amigo una bolsita de caramelo enrollada de tal manera que quedase delgada y puntiaguda, te la metían dos de esos en los oídos, una por la fosa nasal, y te jalaban la lengua, terminabas con lágrimas en los ojos, no sé dónde se pudo inventar semejante atrocidad, a mí me agarró una vez, y la siguiente me escapé.

Otra forma de divertirse era hacerte *"conversar con el Diablo"*, te ponían en posición de planchas pero apoyando los codos al piso, para reflexionar sobre algún mal comportamiento que hayamos tenido, esto solo se podía resistir unos dos o tres minutos no más, Jaramillo me contó que su patrón lo puso media hora por no hacer la encargaduría de manera correcta; a otros como el Crudo le fascinaban hacer el *"calzón chino"*, te levantaban la trusa entre dos, hasta dejártelo como tanga; el *"matatoros"* era uno de los preferidos, que es un golpe seco con el puño en la nuca, pero pocas veces lo recibí; el famoso *"viaje a la luna"*, tenías que apretar fuerte la mandíbula y recibías un matatoros pero en la cara, este tenía que ser un golpe seco, corto, pero fuerte, y literal te dejaba viendo estrellas después de recibirlo, pero solo era uno y te ibas nunca más de uno, que considerados.

Cuando sacaban del armero, que es donde se guardan los fusiles, esa varilla de fierro galvanizado que atraviesa los fusiles para mantenerlos firmes, es porque vas a recibir a *"San Benito"*, te ponías en ángulo recto y el verdugo te daba en las nalgas, pero no de manera transversal, sino vertical, o sea como si te estuvieran sacando una rebanada de nalga, aquí todos los potoncitos iban a sufrir; y por último el más practicado por todos los de cuarto año, el más temible de todos... *"el tablazo"*.

Las tablas eran las del camarote, y eran de madera, era recibido en las nalgas, en posición también de ángulo recto, te hacían cubrirte

con las manos los genitales para proteger esa zona, y te agachabas hasta una posición de 90 grados; con uno solo te hacía ver al mismo Judas calato, normalmente eran dos o tres, fuertes, a otros le metían un poco más, pero más suaves, o si no te lo habían dado bien, lo volvían a repetir.

Unos chillaban, otros se retorcían, daban brincos, se ponían rojos de dolor, y hacían muecas extrañas que divertían a todos; Jaramillo nos decía que éramos unas niñas lloronas que no podíamos aguantar el dolor, y era porque este andaba siempre preparado para eso, se ponía como diez pañuelos en las nalgas y por eso no hacía gestos de dolor, se ponía serio, se agachaba y recibía sin darle ni una mueca de dolor a su verdugo, eso les molestaba a los cadetes, hasta que un día lo descubrieron y después de recibir diez tablazos se puso a llorar.

_ Que perro aún no ha firmado mi tabla? ...

_ Era nada menos que la Mosca, su cara de loco depravado atemorizaba a todos, que locura se le ocurriría ahora, estaría de buen humor?, era solo cuestión de no ponerle mala cara y seguirle la corriente;

_Repitió entonces? que maldito perro aún no ha firmado mi tabla; tenía en sus manos una tabla de camarote la cual estaba firmada por varios de mis compañeros aspirantes, los que seguramente habrían pasado por allí, dejando su firma estampada cual a un pedazo de yeso de un compañero antes de sacárselo después tenerlo varios meses, esforzándose por dejar sus mejores firmas...

_Presente cadete, dije con resignación..

Código de arrestados

_ ¿No vas a ir a visitar a Julissa? preguntó mi madre al ver que me alistaba de manera diferente, me estaba poniendo la camisa tonera y más perfume de lo normal, un indicador de que iba a salir de cacería, lo cual no hacía desde que estaba con ella; no ma, voy a salir con unos amigos son de segundo año y se han hecho mis amigos, así que vamos a ir a un tono; el tener amigos de años superiores era crucial, y si eran respetados más aun, te podían ayudar para cualquier cosa que necesitases.

Ellos eran tres cadetes de segundo año que siempre se quedaban arrestados, eran conocidos por que siempre estaban arrimados, y en varias de esas estancias de confinamiento nos hicimos amigos, creo que tácitamente existía ese código implícito entre los arrestados, el de no arrestarse entre ellos mismos, para justamente no hacer más penosa la permanencia del fin de semana, así que cada vez que nos quedábamos arrestados, la pasábamos todo el día jugando fulbito, más conocido como la Pichanga naval, viendo millones de películas en las salas de tv, jugando billas entre nosotros sin importar el grado, usábamos las máquinas en el gimnasio, íbamos a la cafetería, hasta que nos hacíamos amigos y el trato de usted se acababa y daba paso a una nueva amistad con el tuteo correspondiente, o sea como dicen te montabas al cadete.

Uno se llamaba Marco Forti, era temido por los cadetes, pero gracias a Dios era mi amigo, le decía cuando un cadete de primer año me arrestaba, y este iba y también lo arrestaba o sea me vengaba, los mismo que Gregory Paredes, y M. Méndez era lo máximo tener a esta pequeña banda, parecían el escuadrón de la muerte, y paraban juntos arriba y abajo, y esa noche iba a salir con ellos por primera vez, había una fiesta por las torres de san Miguel, me habían dicho que me encargue de conseguir una fiesta así que no tuve otra cosa que llevarlos a una que quedaba por mi casa, no conocía a nadie pero en esa época era fácil zamparse a las fiestas sin que te conozca absolutamente nadie.

Antes de entrar a la fiesta fuimos en el carro de Marco a comprar una botella de ron "*cien fuegos*" a la bodega cerca de mi casa, yo tuve que pagarla como prueba de mi lealtad, al menos eso es lo que me dijeron, la combinamos con un litro de Coca Cola, nos bebimos todo el licor en una de las bancas de un parque tranquilo, y cuando ya estábamos bien empilados, decidimos entrar al tono; estaba lleno de chicas, nos miraban como bichos raros, la típica mirada a un cadete militar, el corte les llamaba mucho la atención, y el perfume también, parecía que los tres olíamos exactamente a lo mismo, a ese perfume *Tempetion* que vendían en el Bazar Naval, el cual todos los cadetes compraban; las chicas estaban en un rincón mirándonos coquetas, y estos tres no hacían nada por sí mismos, Mauricio me envió en comisión a acercarme a ellas y entablar la conversación, así que eso pasó, me acerqué a ellas pero estaba muy oscuro y las luces eran sicodélicas y la cortadora que estaba recién de moda no me dejaba observarlas bien, la botella de cien fuegos me había doblado la visión, no podía ver mucho, solo parecían leopardos de ojos verdes en la oscuridad, ellos se acercaron tan pronto yo lo hice y nos pusimos a bailar y así cada uno atrapó a su pescado y seguimos tomando más cerveza, yo ya

no quería, de pronto la chica que bailaba conmigo me hablaba pero no le entendía nada, estaba ebrio, luego miré hacia el otro lado y en un rincón estaba Marco chapando a su chica, lo mismo que Mauricio, entonces comprendí como iba a terminar yo también, efectivamente la chica me miró fijamente, sin decirme nada se acercó lentamente, por un segundo vi la mirada de Julissa, cerré los ojos y la besé con ternura, July, July decía y nos besamos desenfrenadamente.

A las 3 de la mañana la fiesta se acabó y tuvimos que irnos a otro lado, Gregory se fue antes y solo quedamos los tres, el mejor sitio era el "Crazy", estaba también el Big Bar y el Katmandú, todos en la avenida La Marina que alberga a todos los despojos de la noche cruel y sangrienta para terminar allí, las chicas nos habían seguido enamoradas de sus galanes, yo aún con la visión dañada por ese ron saca ronchas, intentaba mantenerme de pie, nos sentamos en una de las mesas del recinto oscuro y luces rojas, a las 4 de la mañana la chica que ni su nombre sabía me dijo para ir al hostal que estaba en el segundo piso se llamaba el "feliz amanecer", fuimos, entramos y solo recuerdo que ella dominaba la situación, y terminamos teniendo sexo, hasta que nos quedamos tendidos echados, cansados de toda la carga nocturna, a las 5 de la mañana abrí los ojos y ya medio consciente pude observar que la chica guapa de ojos verdes, era una gorda rolluda sin ojos verdes, de muy pero muy mala apariencia, Dios mío que hice, July perdóname, no puedo creer que te haya hecho esto, pensaba compungido, y encima por esta cosa, dije; sin pensarlo agarré mis cosas sin que la pobre criatura cetácea despertara, salí del hostal y mientras lo hacía escuché que me gritaba, amigo! amigo!, felizmente tampoco se acordaba de mi nombre, aceleré con más fuerza hasta tomar el paso ligero, luego vi que por la ventana de ese hostal de mala muerte me hacía señas para que vuelva a su lado.

_ sonó el teléfono a las 10 de la mañana.

Alo? contesté.

_ hola amor soy July que tal tu guardia ayer?...

Olimpiadas Inter escuelas

La voz de ella se sentía un poco seria, como aguardando a que dijera algo torpe y me hunda en el cinismo vano de aquellos canallas despreciables que engañan a sus parejas, y literalmente era yo uno de ellos, aún no puedo creer como pude hacerle eso a mí July, a mi princesa, pensé que después de lo que pasó con la tía Pilar en su departamento, nunca más iba a tener otro tropiezo, pero bueno eso era algo que ahora sí, nunca más iba a volver a pasar, había que borrarlo nuevamente de la memoria y continuar para adelante, nunca más saldré a rumbear con mis amigos y menos con esos forajidos de segundo año.

_Hola amor le dije, voy a tu casa ahora, no sabes las ganas que tengo de verte, te extrañé mucho ayer; creo que nunca antes había tenido la necesidad de sentir su calidez, su fragancia, su perfume lilushon junto a mí, pero antes tenía que bañarme y despojar de mi cuerpo ese perfume barato que aún tenía impregnado, tomé un baño, me cambié y llegué a su casa, estaba a solo unas cuadras, ella salió hermosa, linda con una chompita cafarena amarilla pegadita que dejaba apreciar su cuerpo contorneado y muy esbelto, corrió infantilmente hacia mí y se lanzó a mis brazos cual película romántica de mujer que vuelve a ver a su soldado después de dos años en la guerra, bueno para mí la noche anterior fue peor que una guerra, pero ahora estábamos juntos al fin, disfrutando de su perfume, luego de sus besos y sus abrazos, era necesario volver a verla para nuevamente recargar las energías.

En la semana venidera, se estaría por finalizar en el ámbito deportivo, una de las actividades más importantes del año, que involucraba a las tres escuelas militares, aviación, ejército y naval, eran las denominadas "Olimpiadas inter escuelas", en donde se competiría en todas las disciplinas deportivas: básquet, futbol, vóley, natación, lucha libre, judo, atletismo, etc. menos remo ya que ésta era una disciplina únicamente practicada por la naval; y al final de todas las competiciones, saldría un solo ganador.

Estaba claro que la Naval era la que tenía que salir campeona, para así poder llevar el trofeo a casa y deleitarnos ante nuestros rivales y presumirles todo el año de quien era el mejor, obviamente que la recompensa era también la tan ansiada "salida general" para todos los cadetes, y porque en algunas disciplinas se permitía la visita de nuestros invitados para apoyar a las barras que alentaban a nuestros competidores, y yo le había pedido que vaya a la escuela con un par de amigas para que se divierta y vea como era ese espectáculo, además yo iba a participar en lucha libre, que a pesar de no ser mi equipo representativo ya que yo me había metido al equipo de Judo; El profesor de lucha libre me dijo que le faltaba un competidor en mi peso y no tenía a nadie y que como me había visto revolcándome en el Tatami de judo, había visto cualidades también para la lucha. Aquella vez le había dicho al profesor que no creo que vaya a ser un buen papel ya que las llaves que se hacen en lucha son distintas en judo, pero el profesor había insistido y había dicho al contrario era muy parecida y que me enseñaría una sola llave y que con esa podía ganar un par de peleas al menos y a ver si agarro una medallita, aunque sea la de bronce, y podría tener salida general.

Al profesor se le veía desesperado, si no ganaba esa competencia no lo iban a renovar más ya que el año anterior no pudo ganar, había ganado el ejército y el director de la Escuela, le había pedido expresamente que debía al menos quedar segundo mas no terceros, eso puso nervioso al profesor y por eso quería tener candidatos en todos los pesos y como le faltaban cadetes, me lo propuso a mí. Todos los días durante dos semanas el profesor me entrenó técnicamente esa única llave, y físicamente estaba por encima de todos ellos ya que todos los días era enviado a Gimnasia especial de castigo y había sacado más aire que el grupo normal del Batallón.

Las chicas podían ir invitadas de cada bando, había de todo, las amigas de nuestros contrincantes azules, es decir los de la aviación eran muy guapas, a diferencia de la de nuestros amigos del ejército que llevaban cada malcriada en mini falda que parecían del "trome" un periódico popular donde en la última página nos regalaba siempre una foto de una bataclana, pero las de la naval las superaban ampliamente, eran muchísimo mejores, no sé como pero se traían cada ejemplar que dejaba absorto al público, una de ellas del nivel de la conductora Rebeca Escribens por ejemplo de 19 años muy bonita, enamorada de un cadete naval.

En la ceremonia de inauguración la Marina llevó como su

madrina a Susan León de 26 años y estaba de moda en ese momento, tenía una figura envidiable, guapísima de cara, coqueta, su cabellera era radiante, y su mirada traviesa, se puso sin querer la gorra naval del oficial que la acompañaba, sin saber que al devolvérsela éste tendría que aplicar la tradición naval de darle un beso en la boca por ser el dueño de la gorra, y claro, si es que ella quería que Neptuno, el Dios de los mares, haga nuevamente posible la oportunidad de ambos volver a verse, y como Susan León no quitaba los ojos de aquel oficial, sin mucho esfuerzo sucumbió en los labios del oficial, quien entre gritos y aplausos se llevó la gloria aquel día y fuimos la envidia de nuestros amigos los azules y los verdes.

Hasta en eso había que sobresalir, solamente había una disciplina en las que no podíamos ganarle al ejército, y ésta era atletismo, carrera de fondo, todos los cadetes del ejército normalmente eran deportistas, y provenían de las alturas, eran puneños, huanuqueños, o de zonas en la que la altura los hacía desarrollar más sus capacidades de oxigenación y literalmente nos terminaban dando una paliza en esa disciplina.

Ese año la copa estaba muy disputada entre la naval y el ejército, la aviación siempre quedaba más relegada que las otras escuelas, nos la disputábamos cual trofeo de Champion, y las barras tenían un papel importantísimo, cantábamos canciones motivadoras cual barras bravas de futbol, y en muchas ocasiones se llegaba a trasgredir las normas del pudor y del respeto al rival cantando temas ofensivos para el otro por la que los oficiales terminaban llamándonos la atención. A los del ejército se les choleaba, la intención allí era burlarse de su nivel nunca jamás comparado con la de un cadete de la Marina, se les cantaba "*indio militar, indio militar, ya llegó tu tayta naval*", y todo esto al ritmo de huayno que la banda tocaba para nosotros y ellos nos decían pituquitos, blanquitos mariquitas, pocas veces vi que se llegaran a trenzar con los puños,

pero si por ahí un par de veces.

Los cadetes comisionados estaban autorizados a vestirse como quisieran siempre que tengan como indumentaria principal su pantalón blanco, zapatos negros y de allí uno podía pintarse la cara con betún, o con los colores de su escuela en este caso la naval es azul marino y amarillo, muchas veces no era entendible como podían tener tanta fuerza para salir por tanto tiempo con tanta efusividad y saltar y cantar y gritar!, luego lo descubrí cuando una vez me comisionaron para ir a alentar a la escuela a un partido de básquet en el coliseo de la escuela militar y en el trayecto en el bus me llegó una botella de ron puro que se la estaban pasando y tomando de a pocos hasta llegar al punto, los cadetes por eso salían cual energúmenos a cantar, lo malo en mi era que el alcohol no me daba esa efusividad sino por el contrario soy de los que se duermen cuando bebe en demasía y aquella vez en lugar de cantar me quedé dormido en el bus sin poder siquiera alentar a la escuela.

Habían otros que su comisión era la de traer a las acompañantes y este tenía que estar con el uniforme de gala, así que el coliseo de cualquiera que sea la escuela anfitriona estaba llena de cadetes de las tres fuerzas armadas, vestidos elegantemente, chicas hermosas por todos lados, malcriadas por otros lados, barras, cánticos, bandas de música, deportistas compitiendo y una algarabía contagiosa, en un gran evento muy atractivo; al final de cada disciplina se entregaba con una pequeña ceremonia las medallas obtenidas por cada deportista y cada una se retiraba a su escuela correspondiente, en sus respectivos buses, los cuales eran a veces bastante confortables e íbamos durmiendo todo el camino cómodamente hasta llegar a la Punta -Callao sede de la escuela naval del Perú.

La promoción de mis patrones obteniendo el primer lugar en el campeonato inter años de nudo de guerra, a la cabeza: el crudo. Foto original revista Orto 91

La gloria

Las cosas en el camarote de mi patrón se estaban poniendo feas, el Cheti y su banda se habían empeñado en que le diga *"chivito"* a mi patrón, pero como lo iba hacer, sus compañeros le decían así, lo molestaban, pero ellos eran sus compañeros de promoción, yo era un perro, como podría hacer semejante faltamiento de respeto, eso jamás sucedería decía, así cada vez que se les ocurría me decían que pronuncie esa palabra, yo lo hacía mirando al cielo, pero ellos querían que me ponga en frente de él y como no accedía empezaron a meterme algunos golpes, en el estómago, en el pecho, brazo para ver si me amilanaba y cedía, hasta que se aburrían y lograba escaparme de ese momento.

_ y porque no se lo dices de una vez? _ dijo Jaramillo

_ estás imbécil? jamás podré hacer eso, es mi patrón.

_Mira, insistió Jaramillo, tú le juras lealtad hasta el final, pero él acaso se ha parado o se ha detenido a pechar a sus compañeros a defenderte?

Me que quedé pensando por un momento en todas las veces que no había sucedido tal cosa, no lo quería aceptar por dentro talvez de que me había tocado como patrón un cobardón sin pelotas ni carácter para defender a su perro o pechar a esos bravucones que a diario hacían sus

222

payasadas. No, dije; entonces? continuó, yo le sería leal a alguien que se ha preocupado por ti o al menos defendido siquiera, que prefieres que te sigan sacando la mierda cinco o que solo él te la saque?

Sus palabras sonaban bastante lógicas, ya le había dado toda mi lealtad a mi Patrón negándome a hacer lo que querían sus compañeros infinidad de veces, quizá Jaramillo tenía razón y ya era hora de parar con eso.

La competencia comenzó había bastante gente, todos los cadetes estábamos listos para nuestras peleas en el Tatami del auditorio, la naval esta vez estaba de anfitrión, las chicas estaban en su lugar, y mi July no venía, al parecer ya no lo iba a ser, seguramente algún inconveniente habría tenido. Ojalá que no venga, que no venga por favor decía, me había entrado el nerviosismo, que vergüenza si perdía a la primera pelea o si tengo que tocar el Tatami tres veces para rendirme o si salgo volando fuera de él, creo que lo mejor era que no esté ella para así concentrarme en esto.

Finalmente no llegó, gracias a Dios, y empezó mi pelea con uno del ejército, era un cholón grande moreno recio como todo "Churruca" pero al parecer éste tampoco sabía pelear, ya que literalmente no hacíamos nada ninguno de los dos, solo dar vueltas y vueltas hasta que en un descuido de él lo derribé y quedé encima, pero no sabía que más hacer, todos me miraban y gritaban, el punto no lo marcaba aún el árbitro, el profesor me hacía señas desesperado y no entendía nada de lo que pasaba, por allí no sé cómo me dijo un compañero: *pega el pecho! pega el pecho!*, y allí entendí que mi pecho tenía que estar pegado a su espalda para poderse marcar el punto sino no sería validado, así que finalmente lo pude hacer, lo cual obtuve ese valiosísimo punto y fue el único que tuve y pude ganar la pelea con ese único punto.

Todos en la barra saltaron de alegría y jubilo hasta los cadetes que eran más antiguos que yo y que no eran tanto mis amigos, descansé una media hora y me tocó la segunda pelea con uno de la Fap, éste era medio regordete y fofo, yo estaba en muy buena forma me lo podía pasar fácil así que a éste le apliqué la llave que me enseñó el profesor y con la fuerza que tenía quedé sujetándolo hasta que el árbitro contó en voz alta 1, 2 , 3, y otro grito ensordecedor se escuchó en nuestra tribuna que cantaban, saltaban abrazados, había ganado mi segunda pelea.

La tercera pelea me tocaba con uno mismo de la naval, así a veces se cruzaban de la misma escuela, si ganaba esa pasaría a la final! no lo podía creer a la final!, sin saber leer ni escribir, todos estaban abrazándome, el masajista me estaba estirando los brazos para que no se agarrotaran, esta vez sería el cadete de 2 año Panizo, un oso blanco que era ya del equipo representativo de lucha libre, se acercó hacia donde estaba sentado esperando mi nuevo turno, casi sin aliento, muerto y con los brazos agarrotados.

_ ya perro como es, como quieres que te gane para no cansarme? soy yo el que va a pasar a la final y no me debo cansar mucho; me dijo de manera suave casi en el oído como para que nadie escuchase. Antes de que le respondiera agregó: Ya el profe sabe por si acaso habla con él si quieres. Me dirigí caminando hacia el profesor para preguntarle si era cierto que él había dicho eso, y solo me dijo: Hijo has hecho un buen trabajo hasta acá, pero él es del equipo y tiene más experiencia que tú, yo preferiría que pase él a disputar la final, dijo sin pena el profesor, quien evidentemente ya no confiaba en mi sino en el otro.

Me llené de frustración, pena, tristeza, cólera, rabia, impotencia, pero prácticamente me estaban dando la orden de dejarme ganar para que pase el cadete Panizo a la final y que no sea una pelea entre los dos para ver quien pasaba de manera justa.

Se acercó otra vez Panizo y me dijo: ya?, apechuga nomas hijo yo soy el único que puede ganarle a ese de la Fap que ha pasado a la final.

Lo miré a los ojos y le dije: cadete si Ud. cree y considera que es el único capaz de hacerlo entonces demuéstrelo y haga una pelea digna conmigo y el mejor pasará, pero mis palabras no lo hacían cambiar de opinión; entiende perro insistió Panizo, no se trata de uno se trata de la escuela hazlo por la escuela!; no lo haré cadete! dije, haremos una pelea justa cadete sentencié con mi mirada; el cadete se puso rojo de la rabia de que no estaba aceptando rendirme sin pelear, así que finalmente me dijo: muy bien tú lo has querido, te voy a sacar la mierda entonces, se volteó y se retiró con todos los demás.

"Siguiente pelea! por la final naval vs naval", se escuchaba por el anunciador, estaba furioso y el cadete igual, nos pusieron frente a frente como se colocan los competidores antes de empezar una pelea, y sonó la corneta, la cara del cadete era demasiado evidente tanto que todos en la tribuna se estaban dando cuenta de que algo estaba mal, su furia contra mí lo hizo salir como toro enjaulado pero yo debía evitar su fuerza, porque era más fuerte y más grueso que yo, pero no más rápido, de eso estaba seguro, sus movimientos eran parsimoniosos ya lo había notado, el masajista me decía solo esquívelo no vaya cuerpo a cuerpo y así quizá le puede sacar un punto al final como al primero, pero yo quería más que un punto quería demostrarle que sí le podía ganar. Ambos íbamos igual mirándonos, cuidándonos uno del otro hasta que se me aventó y pude aprovechar su fuerza torpe para hacerlo rodar por mi espalda al Tatami y así obtener mis primeros tres puntos, eso enloqueció a Panizo que se me volvió encima como loco sin pensar y nuevamente pude aprovechar su fuerza para hacerlo rodar igual, ya le había sacado seis puntos, pero ahora ya no podía más, me faltaba oxígeno, así que en un descuido me tomo por las piernas y me hizo su llave preferida el cual le dio tres valioso puntos, pero ya no había tiempo, hice larga la pelea, con esa diferencia podía ganar, mire el reloj y solo quedaban segundos que parecían una eternidad, hasta cuando al fin sonó esa corneta tan esperada que me decía que yo había ganado, había pasado a la final, solo, con mis propios méritos, contra la fe de mi propio profesor, contra la arrogancia del cadete Panizo que se jactaba ser mejor y contra sus compañeros que desde la tribuna no dejaban de alentarlo, pero al final la gloria fue mía, el árbitro me levantó la mano como ganador, él se retiró sin darme el saludo de contrincante y a partir de allí tuve un enemigo declarado de quien debía cuidarme durante mis siguientes días en la escuela, cada vez que podría encontrarme en una falta no dudaría en sancionarme, pero sería dado de baja por cursos ese mismo año, ya que era repetidor de año una vez, y había desaprobado por segunda vez el año académico.

La final la gané de la misma forma, obtuve mi medalla de oro que para mí significó muchísimo más que una simple "salida general", sino que ahora entendía lo que era la gloria, se la mostré a mi profesor quien me abrazó y me pidió disculpas pero me decía que no le había quedado otra opción, pero en fin no puedo juzgar al instructor, él solo hacía su trabajo, creo que la decisión correcta la tomé sin ningún remordimiento, de nada ni de nadie, las cosas se obtienen de manera justa y no impositivamente, si el cadete Panizo hubiese sido tan bueno como decía en tres minutos lo hubiese demostrado, más aún a alguien que no era del equipo y que solo les estaba dando apoyo, pues ese apoyo llegó hasta la final y obtuvo su medalla de oro.

Julissa lo que te perdiste ya te contaré cuando salga, pensé recostado en mi cama con los ojos abiertos cogiendo mi medalla, esa noche, fue la mejor noche de mi vida, había conocido y sentido lo que era la gloria.

El gran día cien.

Julissa contemplaba admirada la medalla de oro que le había llevado, para que la vea y la pudiese además presumir frente a sus amigas de que su apuesto enamorado de la naval, también era medallista en lucha libre, claro que no tenía que saber los detalles; me encanta amorcito, me la regalas? me dijo como si fuera una pulserita de cinco soles que te la puedes comprar en cualquier tienda; jajaja me reí, mirándola y abrazándola, no puedo amor es el único recuerdo que tendré en el futuro para que mis hijos me puedan creer la historia!, ella soltó una carcajada y dijo: si, es verdad, es que cualquiera así nomás no te creería, parece una película, ahora solo tienes que cuidarte del tonto ese de Panizo, lo odio; no te preocupes que de eso me encargo yo, soy especialista evadiendo a mis puntas.

Salimos a pasear por la feria del hogar, a ella le gustaba mirar cosas, subirse a los juegos mecánicos y escuchar el concierto en el gran estelar, ese día se presentaba Mondragón y el grupo Virus, a mí me gustaba verla que se divirtiera, siempre estaba alegre, risueña, y su calidez me reconfortaba.

_Sígueme contando, como es eso de que el 18 de setiembre será el día cien, que es eso? preguntó; a ella siempre le daba curiosidad las cosas que hacíamos adentro. Es una tradición dije; pasu! una más, ustedes sí que están llenos de tradiciones, interrumpió con una risita sarcástica; bueno es verdad, la marina está llena de tradiciones, al menos eso es lo que me dicen, aún no las vivo, recién estoy comenzando, pero esta es una de las mejores tradiciones para los aspirantes. Y porqué? preguntó; bueno porque solamente ese día el aspirante tiene la oportunidad de convertirse en un falso cadete de cuarto año, desde que amanece hasta el término del almuerzo, podemos salir a buscar a nuestros patrones y agarrarlos a tablazos como ellos nos lo han hecho, meterlos a la piscina o a la poza, ya no tenemos que estar con la marcialidad acostumbrada de un perro, sino que, si quieres hasta puedes fumarte tu cigarro delante de todos y comportarte como un canchero, relajado, hasta inclusive caminar con las manos en los bolsillos imagínate! y nadie te puede decir nada porque es el día cien. Wuau! dijo, que chévere, y porque le dicen día cien? insistió; bueno dije, porque a partir de ese día, ya solo quedan exactamente cien días para graduarnos como cadetes y dejar de ser por fin perros. Mmm dijo sorprendida, pero al día siguiente los cadetes de cuarto vuelven a castigarlos si en caso se les ha pasado la mano a Uds.?; bueno si dije, pero es algo que nunca en tu vida vas a volver hacer me entiendes?, poder agarrar al cadete de cuarto que te ha jodido tanto y mandarlo por la poza entre todos! no estaba mala la idea, ya es solo cuestión de aguantar los noventinueve días siguientes dije riéndome.

Después de tomarnos varias gaseosas y comido mil palomitas, la dejé en su casa, antes de darme un beso en la boca me miró y me dijo: amor por favor te lo pido no hagas tonterías, no hagas cosas que después no pueda verte, que gusto de hacer eso que me dices con los de cuarto, estoy segura que al día siguiente se van a vengar ustedes amor, vamos prométeme que no te vas a meter en

problemas, me lo prometes?; la miré sonriendo y le dije te lo prometo amor, le di un beso tierno y delicado a fin de no dañar sus labios con sus braquets que la hacían ver más bonita aún.

La corneta del Toque de Diana sonó como todos los días a las 5:45 de la mañana.

_ hoy es el día, dijo Mario, nos levantamos sin saltar, esta vez, todos de nuestras respectivas camas, estábamos muy nerviosos, comenzaba ya el esperado "día cien", una tradición naval divertida pero riesgosa a la vez.

El oficial de guardia de ese día tenía que estar a cargo de dicho evento y supervisar que a nadie se le vaya la mano, era el teniente Goyzueta, quien después de la formación, envió a todas las promociones al campo de futbol y ordenó formar por años, colocó además a los cadetes de cuarto año en un sector de la cancha y a los perros justo al frente de ellos, las demás promociones no participarían, solo podían observar y disfrutar de este atractivo y simpático evento. Íbamos a jugar fulbito de mano, una especie de rugby, justamente para estimular el contacto y choque frontal cuerpo a cuerpo, y encender la chispa detonante entre las dos promociones, aquí podías agarrar al cadete, abrazarlo, tumbarlo, meterle cabe, lo que sea, menos un puñete en el rostro ya que obviamente de eso no se trataba el juego.

Los cadetes de cuarto año nos llevaban el triple de nuestro peso, eran mucho más grandes, fuertes y cancheros, iba a ser difícil ganarles, así que teníamos que hacer nuestro mayor esfuerzo, yo estaba aterrado, sentía que mis piernas empezaron a temblar, ni cuando participé en el campeonato de Lucha Libre sentía tantos nervios, pero ya no había marcha atrás, el juego había comenzado.

Los de cuarto se reían a carcajadas, mofándose de nuestros cuerpos, nos decían: "cuidado perro, como me toque, es perro muerto!". Nos ganaron diez a uno, y al término del partido se comenzaron a armar las primera broncas por grupitos, por un lado se agarraban un perro con su patrón, a quien trataba de tumbarlo pero era inútil, por otro lado se veía que habían agarrado entre todos a la bestia Cavero, el de remo y lo comenzaron a arrastrar entre todos para intentar meterlo a la poza pero inmediatamente llegaron sus compañeros de cuarto y estos salieron disparados por todos lados, todo quedó en un intento, pero más allá, había un loco karateca que se ufanaba con sus patadas al cielo, era nada menos que el "Crudo"!, otra bestia, a ese que le gustaba hacer oler sus zapatillas malolientes a los perros después de la rutina de deportes; pero quién se atrevería, no había nadie, se lanzó uno suicida y salió volando de una patada en el pecho, luego otro, pero tampoco se pudo, parecía un cachascanista profesional, así que nos juntamos entre varios, como seis o siete y decidimos ir a él con todo!, pero al momento de entrar, éste lanzaba otra patada que impedía poder agarrarlo, hasta que, en una de esas, mi compañero Darcourt me sorprendió, en un ataque de valentía extrema, se lanzó por atrás de la bestia, cual gato volador, para prendérsele del cuello, e intentar hacerle la llave del mataleón, y lo hizo con la cara roja, lanzando un alarido enloquecido: yaaaaaaa vengaaaaan todooooss!! pero ya el grupo se había cabreado y se habían ido a buscar una presa más fácil, creo que iba a ser la muerte de mi compañero suicida. No podía dejarlo solo a mi compañero, iba a morir allí, el crudo lo iba a desintegrar, por lo que me lancé con los ojos cerrados,

gritando también cual chino vietnamita, y me aferré a una pierna del crudo, ya que agarrar las dos era imposible, y cuando ya las fuerzas me estaban venciendo, otros dos compañeros llegaron justo a tiempo y agarraron la otra pierna del pesado animal, y pudimos al fin doblegarlo, hacer que cayó al piso, luego cuando vieron al crudo ya vencido, se acercaron como diez compañeros más y lo comenzamos a llevar a la poza para meterlo al agua helada, sus demás compañeros de cuarto se habían dispersado, estaban entretenidos cada quien con su grupo de aspirantes, luchando entre ellos, así que lo llevamos arrastras, el Crudo era nuestro mayor trofeo, algo así como cuando Aquiles arrastró orgulloso el cuerpo vencido de Héctor en la guerra de Troya. Cuando llegamos a la poza los veinte perros contra el crudo, lo lanzamos cual saco de papas, pero este más vivachón que todos a la hora de ser lanzado también se llevó como a diez perros, entre ellos yo, y caímos a la poza todos juntos, finalmente el crudo se reía abrazándose con sus perros en el agua diciendo: ay perros de mierda!, muy bien carajo, muy bien, mañana seguirán siendo unos perros de mierda; él estaba en su garbanzal, era feliz, después de todo no era malo, era bien estimado por su promoción y la mayoría de los cadetes del Batallón, solo que era jodido y pesado con los perros, le gustaba agarrarlos como juguete.

La mañana terminó con otros juegos más como el palo encebado y lucha en el barro, bueno en todas perdimos, al final cuando ya todos procedimos a nuestros camarotes para asearnos me choqué con un cadete de cuarto, le decían el chancho Navarro, no tenía físico, era gordo, así que lo asusté haciendo que lo quería corretear, tan pronto me vio, pensó que lo iba a golpear y volteó y corrió, yo al ver esto me engrandecí y por inercia no sé porque lo seguí correteando, hasta que el pobre perdió el equilibrio y se fue de cara contra el piso, en ese momento me paré y antes de decir algo me señaló y me dijo: ya te cagaste perro de mierda, en la tarde vas a ver.

Como el día cien continuaba yo podría haberlo agarrado de las patas y arrastrarlo o hacerle algo, pero no lo hice, la voz de Julissa susurraba a mis oídos de que no haga estupideces, así que solo le dije: "eso le pasa por gordito pues cadete", me di media vuelta y me fui. Ya nadie iba a ir a los camarotes de los patrones a tender ninguna cama obviamente, por lo que procedimos a clases, hasta esperar la hora del gran almuerzo, en la que se llevaría a cabo, la velada para los de cuarto año; así como el día cien es celebrado con mucho entusiasmo por los perros, debido a que ya solo faltan cien días exactamente para dejar de serlos, también faltan lo mismo para que los de cuarto año se graduaran, por esa razón también era un día especial para los de cuarto año, por lo tanto había que hacer algo para "agasajarlos" de manera muy especial, hacerles sentir su despedida, y así como los perros tuvieron en la mañana su oportunidad, el Batallón también la tendría en el almuerzo.

Foo ...Fooo...Fooo

El almuerzo era demasiado bueno, de hecho, chifa, con 5 litros de helado de postre para cada mesa, aparte se podía llevar torta o cualquier otro postre, total era del "día cien"; solo me tenía que cuidar del cadete Panizo ya que me tenía en la mira y cada vez que me veía me llamaba la atención por cualquier cosa, felizmente su mesa estaba del otro lado. El comedor se adornaba con serpentinas, globos, y una decoración muy típica que solo lo podía hacer un grupo de cadetes que integraban el grupo "cangrejo folies", con pinturas, retratos, caricaturas graciosas de algunos cadetes de cuarto año, o alguna figura que tuviese detrás un mensaje que diera risa, normalmente una mofa o una burla, ellos eran los encargados de la decoración, y su trabajo era espectacular, porque para hacer esas pinturas había que tener cierto talento que no cualquiera lo podía tener, pero en la escuela había cada talentoso que realmente uno se quedaba sorprendido, bailarines, cantantes, poetas, dibujantes, y no solo en el ámbito artístico sino también deportivo nadadores, futbolistas, voleibolistas, basquetbolistas, esgrimistas, karatekas y ahora grandes luchadores como el que le ganó al luchador Panizo.

El almuerzo terminó y empezó de forma abrupta el show, con la música de ac/dc: Black in black, Thunderstruck, T.N.T., los cadetes entusiastas todos, aplaudían sin parar el ingreso de un personaje en especial, que se iba acercando lentamente al ritmo de la música y hacía su ingreso al comedor, de forma sigilosa y misteriosa, estaba disfrazado, no se podía identificar ni reconocer el rostro de aquel histriónico personaje que representaba con su disfraz, al imponente "Neptuno", el gran Dios de los mares de la mitología griega y figura emblemática de los marinos de guerra; éste iba a ser una especie de animador, es decir, iba a dirigir la velada, pero sin que nadie lo viese, para evitar así represalias en su contra. Todos se levantaban de sus mesas para tratar de mirar al artista principal a ver si lograban descubrir, aunque sea por sus formas de moverse al cadete que lo vestía, pero éste no se dejaría ver hasta el final de la velada, este Neptuno, iba a, durante la velada, mofarse, bromearse y tratar de ridiculizar a los de cuarto año, a fin de avergonzarlos, sin llegar al agravio claro, toda vez que éste no haya tenido un comportamiento correcto y digno de un líder con el Batallón.

Llevaba consigo un pedazo de papel, donde tendría los trapitos más certeros y filosos para cada uno de ellos, trapitos que irían desde un simple chisme gracioso, hasta algo un poco más fuerte y punzante como por ejemplo: descubrir a los papás que ya tenían a escondidas sus calatos, los cornudos atrasados por otros cadetes, los calzonudos que todo el día estaban en el teléfono, los que se levantaban a las enfermeras, o sacaban plan a la cholita de la cafetería, los sobonazos de los oficiales, como uno que estuvo de niñera del hijo del teniente de guardia C. Tello que lo llevaba en su triciclo por toda la escuela a ver si se ganaba algunos bonos con éste, los envaraditos que cuando estaban arrestados, sus padres llamaban al Director para que se inventen por allí alguna "salida general" para que su hijito pudiese salir, una vez dieron salida general porque supuestamente no había rancho, algo imposible ya que en la escuela no había ese tipo de problemas, solo que un cadete de cuarto cuyo apellido era el mismo que el Jefe de Estado Mayor General de la Marina, estaba confinado, en fin, habían millones de trapos, muchos para reírse y otros para avergonzarse.

Ni bien vi al artista, algo en mi despertó y dije de inmediato, yo quiero ser Neptuno algún día, pero había primero que dejar de ser perro, estaba impactado por todo lo que pasaba, nunca antes había visto algo así, era nuevo este evento.

A cada uno de los cadetes de cuarto año le tocaría su turno, nadie se iba a salvar, primero sacarían de una caja de cartón una tarjeta de un color en particular, si era *amarillo* sería porque fuiste un cadete "pichirro" lo cual era un insulto, ya que un pichirro es lo mismo que decirle que es un orinado, un meón, un falto de huevos para liderar algo, y que siempre está temeroso de que vaya a ser castigado por lo que preferiría siempre el modo perfil bajo. De estos había en cantidad en todas las promociones, es un tipo de comportamiento mediocre que muchas veces les llega a dar resultado ya que estarían siempre apartados de los problemas, pero a los subordinados no les gusta ser liderados por este tipo de cadetes, normalmente lo que se busca es ser dirigidos por lideres de verdad que asuman riesgos en sus responsabilidades sin ningún temor de nada. Al término de ventilar su trapito, se le entregaba su libretita amarilla con un regalito, podría ser un pañal para que no se moje cuando se orine y sus respectivas palmas del Batallón, si es que la había ya que a los pichirros no se les aplaudía, por el contrario, se le abucheaba gritando foo...fooo, o a veces eran divididas las reacciones ya que para a algunos éste fue un buen cadete y para otros no.

A otros cadetes les tocaba una libretita azul, la cual indicaba que habías sido un muy buen cadete, correcto, caballero, con dotes de liderazgo, justos y equilibrados a la hora de sancionar, y las palmas del Batallón no se harían esperar, se le leía su trapito y se le deseaba mucha suerte en su vida profesional como oficial, aquí nombraron a varios que yo conocía, al cadete comandante Vílchez, a la bestia, a Coronel, al cuájaro Núñez, Barandiarán, al Peto, a todos los que habían sido mis adoctrinadores, e inclusive al mismo Crudo, quien entre palmas recibe su tarjetita azul de buen cadete pero de regalo le dieron un chip con mil minutos libres para que pueda llamar a su novia a chismosear, en vista de haberse conocido los dotes de chismosos de ambos; pues sí, aquella bestia humana, muchas veces insensible con los perros, aquel oso polar campeón mundial militar de Taykondow, le gustaba el chisme.

A mi patrón le regalaron un babero, no sé porque, normalmente ese regalo se lo daban a aquellos que eran chupamedias, franeleros, sobones, lameculos o chupapitos, solo un cadete le gritó con todas sus fuerzas fooooo, era de tercero le decían La Pechi, parece que era su punta y ese día estaba permitido gritarle en su cara pelada fooo!, solo que con eso declarabas la guerra al cadete de cuarto año para siempre, ya que este último nunca se olvidaría que le gritaste en su cara. El fooo es una manera de decirle *apestas!* al cadete, pero una cosa es gritarlo entre todos de manera cautelosa sin que te vean, y otra que te pares de tu mesa, te acerques a su lado y lo señales en la cara y con todo furor gritarle fooooooooo!!, eso enervaría al cadete de cuarto y le pondría la cruz a ese que le ha gritado al menos durante los últimos cien días que aún faltaban.

Luego siguieron con aquellos de color rojo, estos eran tan indeseables que todo el Batallón le gritaba fooo, haciendo retumbar las paredes del comedor, tan indeseables eran que los cadetes seguían gritando y no tenían cuando parar, el oficial a cargo de guardia tenía que pedir que se calmen ya que no se podía continuar con los demás trapitos, éstos habían sido los arrestadores a la mala, aquellos que iban a buscarte para sancionarte si le caías mal, sin importar otra cosa que complacerse entre sus compañeros de que habías disparado a tal o cual, y haberlo dejado sin franco el fin de semana, aquí escuché el nombre de la Mosca, del cadete Calloux, Queen, Robles, Paullet, Britto a quienes le gritaban con tanta fuerza que por un momento me asusté, nosotros éramos sus perros, no gritábamos, eso era para los cadetes del Batallón ya que estos de alguna forma eran nuestros patrones, nuestros dioses, a mí por ejemplo me caían muy bien, nunca me hicieron nada malo, es más el cadete Britto a quien le decían la caca no sé por qué, era mi amigo y me entristecí cuando le gritaron así. Pero a ellos les importaba muy poco se mataban de la risa, alzaban las manos, y le daba besitos volados a quienes le gritaban diciendo: el lunes van a ver, el lunes van a ver, rata para todos.

En esta velada nos enteramos que el cadete Oré, le gustaba husmear por la enfermería a ver si se levantaba a la más fea de las enfermeras, dada su conocida afición por las mujeres de poca gracia, dicen que una vez se levantó a la "antisexo", una conocida bibliotecaria conocida así por todo el Batallón dado su muy mal carácter y mal trato con los cadetes, ya uno no podía ir a pedir un libro porque la vieja sexagenaria salía y terminaba riñendo por cualquier motivo, era gracioso verla renegar, los cadetes se mofaban de ella, decían que le faltaba sexo, pero quien sería ese sucio cadete con tremendo estómago que se aventurara a levantarse ese espécimen, pues en los trapitos se conoció que el cadete Oré fue ese valiente soldado que se inmoló por su Batallón, acostándose con ella, y lograr después de ello, un cambio abrupto y radical en su trato con los demás, hasta sus ojos empezaron a brillar, parecía que la vieja había tenía un orgasmo reprimido décadas atrás, y que éste valiente y sucio cadete se lo pudo sacar.

Ya para finalizar la velada, hubo la denominación al cadete amigo, aquel cadete que se supo ganar el cariño, el aprecio y la estima de todos, no necesariamente tenía que ser un líder, este normalmente era el pata de todos, no arrestaba a nadie solo era amigo de todos, fue el cadete Núñez, a quien entre palmas lo levantaron en hombros y le dieron una vuelta al comedor, cual Leonel Messi al ganar la copa mundial.

El almuerzo por fin terminó, algunos cadetes salían riéndose, otros medios amargos, por el trapito que según ellos era totalmente falso y que se iba a encargar de averiguar quiénes han sido los que estaban detrás. Me fui a mi camarote para alistar algunas cosas, arreglar mi ropero, todo volvía a la normalidad, el jueguito se acabó.

_camarote atención!, nos pusimos en atención todos, era un cadete de guardia de cuarto año, su placa: Navarro. Dios mio era el chancho Navarro, aquel que se cayó solo porque lo correteé, y me prometió que me iba a fregar;

_" así que aquí estás perro de mierda, levanta las manos, junta los dedos", y con su regla me iba golpeando los dedos diciendo y esto

es para que nunca más vuelvas a corretear a un superior, me metió veinte reglazos en los dedos, cien planchas, cien lagartijas, cien saltos a la marina, cinco tablazos, un matatoro, un viaje a la luna, y veinte minutos hablando con el diablo.

Terminé cual perro recién ingresado, hecho un desastre, el uniforme sudado, sucio, mis compañeros me miraban resignados como intuyendo el porqué del castigo, luego de su feroz castigo se fue, diciéndome que toda la semana recibiría el mismo castigo durante los cien días que quedaban para graduarse, pero finalmente no fue así, solo entró toda la semana siguiente hasta que se cansó y dejó de castigarme.

El día cien dejó un recuerdo grato y muchas enseñanzas para mí y mis compañeros, entre ellas era la de no querer ser recordado nunca por nuestros subalternos de una manera que pudieses sentirte avergonzado, sin necesidad de ser una mamá de los pollitos, se podía ejercer un liderazgo correcto que cale y quede impregnado en tu trayectoria como cadete y luego como oficial, como lo hicieron mi cadete comandante, mis adoctrinadores, y todos aquellos que merecieron justamente sus palmas por el Batallón; que el "Poder" que se nos da a tan corta edad, muchas veces no se sabe usar, y en lugar de formar a sus subalternos con el ejemplo y con el criterio adecuado, muchas veces es todo lo contrario, desviando así su línea de mando como líder que debemos ser, felizmente que el sistema mismo haría su trabajo con muchos de estos personajes, no llegarían ni a la mitad de su carrera como cadetes, ni a recibir nunca la tan ansiada espada de mando al momento de la ceremonia de graduación como oficial de la Marina de Guerra del Perú.

Discurso Previo a la Ceremonia del Centímetro

Señores Excelentísimos Cadetes de Cuarto Año y aspirantes 1991, este es un día donde comienza el FINAL. Tal vez ya no estamos todos los que nos conocimos la primera vez, pero ni ellos, ni nosotros los olvidaremos.

Cuantas cancherías, zafadas, noches de estudio pagando en el Olimpo, han transcurrido y aquí estamos a escasos 100 días de dejar de ver a quienes nos han cuidado, salado, patareado y ...

Si, son solo tres meses que faltan, y ese Polo ROJO quedará para el recuerdo, pero la herencia que nos deja no pasará. Es difícil pensar si es corto o largo el tiempo en estos cien días. Si habrán arrestados para "evitar utilizar servicios" y por cada falta del encargado de policía, quien como siempre deberá barrer cada centímetro y dejar todo como espejo.

Parece mentira todo lo vivido pasará y tendremos nostalgia al recordar. Sé que interpreto el sentir de mi Promoción al agradecer a Neptuno por haberme dado a mis Patronos y que ellos a pesar de lo difícil que fue hacer "bien" las cosas para nosotros y toda la paciencia y consejos que debieron desplegar, tampoco nos olvidarán.

Cuando alcancemos la gloria como ellos y por cosa de la marea regresen a hacer guardia en la Ferré, nos verán pasar junto a sus metas y recordarán este discurso que se hizo un 18 de setiembre, porque así lo manda el Olimpo y así obedezco yo.

Asp. Luis TORRES

Foto original proporcionada por la revista orto 91. Almuerzo y velada en el comedor.

El Meneíto

Tres semanas después del día cien, Julissa y yo terminamos. Cuanta falta me hacía ahora su compañía, su voz, su sonrisa, su olor, sus besos; porque tuviste que hacerme eso Julissa, porque?, decía, porque tuviste que ir con tus amigas a la discoteca de la Feria donde yo también había ido con mis amigos de promoción!.

Ese día sábado, Julissa y yo habíamos estado juntos todo el día, pero antes de dejarla en su casa, me había preguntado qué iba a hacer por la noche, esperando quizá que le dijera que me quedaría tranquilo en casa, yo no sabía cómo decirle que me iba ir de rumba con mis amigos de promoción a la discoteca "Reflejos" que quedaba dentro de la Feria del Hogar, y no quería mentirle tampoco, así que le tuve que decir la verdad: *amor me voy a la Feria del Hogar*, sin mencionar específicamente la palabra "discoteca"; estaré con mis amigos de promoción tomando unos tragos por allí; ella se puso triste, no le gustó la idea de que me vaya con mis amigos y quedarse sola en su casa, también quería ir, estaría con una amiga de su colegio, era guapa, joven, y se llamaba Carla, la china Carla, y también quería disfrutar de la noche sabatina que se vislumbraba prometedora.

_ Alan si tú te vas a esa discoteca, te juro que yo también me voy para allá con mi amiga la china, retumbaron sus palabras como truenos antes de una tormenta eléctrica; estás loca July ese sitio es un antro, allí solo van puras chicas fáciles, acaso quieres que te confundan como una de esas? aparte tu eres menor de edad, tienes 17 años recién cumplidos, ¡no puedes ir! Ahora mi voz sonaba impositiva, determinante, cual papá que le aconseja a su hija que no salga de parranda con sus amigos, pero nada de eso sirvió.

Me había despedido prácticamente con la amenaza de que, si yo pisaba esa discoteca, ella también lo haría; pero como se podría dar cuenta?, como podría enterarse?, no había manera ni forma alguna de que eso sucediera, así que, había sido cuestión de esos berrinches infantiles que hacen las enamoradas a sus chicos, todo para demostrarnos su gran amor, haciéndose las celosas de todo para llamar nuestra atención, así que iré con mis amigos a esa disco, no me revolcaré con ningún pescado o animal nocturno del que luego tenga que arrepentirme al día siguiente, me comportaré a la altura de un novio fiel como debe de ser y mañana domingo la llevaré a pasear, a comer helados y le daré todos los besos y abrazos que esta noche no podré darle, prometí.

Ya en ese antro nos pusimos a una esquina de la barra para estar más cerca de la pista de baile, estaba llena para variar, estaba oscuro, solo se podía ver cuando las luces psicodélicas dejaban de funcionar, las chicas estaban más o menos, había de todo, desde guapas hasta feas, pero eso sí, bastante arregladas, todas en minifaldas con maquillajes exagerados, y lápices labiales bien pronunciados, algunas con un buen perfume y otras apestando a sudor.

Éramos cerca de seis aspirantes, pero pronto irían llegando más y más, esta vez ya no de mi promoción, sino más bien de otras, cadetes de todos los años, parecería que el Batallón de la Escuela Naval se había hecho presente en esa discoteca, habían de primero, de segundo, hasta de cuarto año, iban, se quedaban un rato y luego continuaban buscando otros lugares donde caer, esa era una peculiar forma de diversión, una especie de zapping donde veo un montón de canales de televisión, pero no me detengo en ninguno en particular. Los cadetes iban en sus buenos autos, obviamente de sus papás, y entraban a todas las discotecas de lima, por esa razón no había nunca una discoteca en Lima en la que no haya un cadete naval, pudiendo ser desde las más pitucas, aquellas que se encontraban en Miraflores, como también las de mediano nivel; una de ellas era el "Bertoloto" en San Miguel conocida por sus llamativas competencias llamadas el "Pepón de la noche", donde los participantes se tenían que quitar el polo con movimientos sensuales y quedar con el dorso desnudo, luego modelar levantando los brazos cual fisicoculturista, y el chico que hacía gritar más a las féminas, era el ganador absoluto, y siempre ganaba un cadete naval, siendo la recompensa justa una caja de cervezas para su mesa, por eso que se llevaba a sus mejores exponentes, como el cadete 2do E. Ganoza, el cual hacía buenas presentaciones, dejaba bien a la Institución y a sus compañeros de segundo año pronto se volvería caserito de lugar. Y finalmente estaban las discotecas de más bajo nivel donde la infraestructura y decoración no era lo mejor, ni las chicas que iban tampoco pero sí la pesca de arrastre estaba asegurada, nadie se quedaba sin lograr su cometido estos eran el Katmandú, el big bar, el Craizy o Reflejos.

Habíamos tomado bastante, mis amigos se pusieron a bailar, cada uno conoció a una chica y la llevó a nuestro rincón, luego se acercaron las amigas de éstas y así sin querer estábamos rodeados de una enorme cantidad de chicas que nos preguntaban nuestros nombres, edades, o cualquier cosa solo para iniciar la conversación, yo no quería bailar, solo me dediqué consumir cerveza y más cerveza, sentía que no era justo hacerle eso a Julissa, pero enseguida pusieron la canción que hizo que toda la gente gritara ni bien comenzó, el "Meneito" de Natusha, que estaba de moda y todos la tenían que bailar de una manera particular, sino harías el ridículo, era una coreografía en la que se tenía que levantar las manos y dar tres pasos al costado, luego dar la vuelta y hacer lo mismo del otro lado, eso era todo, no parecía tan difícil, por eso cuando la chica que estaba a mi lado me dijo: ¿bailamos? enseguida para no dejarla desairada le dije de manera natural que ya, fuimos a la pista y empezamos a bailar, ella me miraba coqueta, divertida, me agarraba de las manos y me las ponía arriba como enseñándome a hacerlo, se reía traviesamente de mis movimientos bruscos y torpes, y cantaba al ritmo de la canción: *"el meneito, el meneito levanta la mano mueve la cabeza, un paso pa delante y otro para atrás, baila este ritmo que es tremenda sabrosura se llama el meneito y lo canto con dulzura, el meneito ahí ahí..."*; las botellas de cerveza me habían puesto medio sensual, pronto estaría como perro moviendo la cola antes de aparearse, tenía la mirada sucia y pervertida puesta en la chica que no sé por qué, pero la comencé a ver mucho mejor, creo que ya es una costumbre en mi cada vez que tomo alcohol y me embriago, pero de pronto pasó algo raro, una visión fugaz apareció frente a mí, como un destello en los ojos, un fogonazo de luz hizo aparecer la figura de Julissa, estaba bailando con otro tipo, de pronto las testosteronas revoloteadas bajaron drásticamente a cero, me dije: cómo es posible que le haga esto a Julissa, como puedo ser tan ruin, tan canalla, ella no se lo merecía, estaba pésimo lo que estaba haciendo. Mis sentimientos de culpabilidad se volvieron hacia mí, al punto de verla como visiones fugases de entre todas las personas, sería el trago?, o sería mi conciencia que me estaba haciendo entrar en razón; volví la mirada nuevamente hacia donde ella estaba, pero esta vez con más calma, cuando por fin enganché mi mirada en aquella figura espectral, la cual tenía el mismo cabello negro, la misma forma de vestirse, el mismo movimiento al bailar y los mismos gestos al hablar y sonreír, pude darme cuenta con la más dolorosa certitud, que mi único amor no era una ilusión holográfica, ni fantasiosa creada por los demonios de mi mente algunas veces esquizofrénica, ni ningún destello de luz creado por mi conciencia, sino que era totalmente real, era ella, era mi Julissa! que bailaba nada menos que con un cadete, por Dios un cadete!! y encima de un año mayor que yo, estaba con sus amigas de colegio; ¿cómo pudo darse cuenta, quien le habría dicho que estaba aquí?; el cadete le hablaba al oído como lobo rapaz vestido de oveja, que empiezan así y terminan devorando a su presa, ella no le contestaba, estaba concentrada mirándome fijamente, mirada que decía: aquí tienes lo que te advertí. Dejé en ese preciso instante de bailar el "meneito" con la chica y dándole mi peor mirada a Julissa salí a grandes pasos de la discoteca, ella hizo lo mismo con aquel cadete quien al verse solo, cogió a la chica con la que yo estaba bailando y se pusieron a bailar felices ellos, pronto me enteré que fueron enamorados por mucho tiempo.

Me cogió del brazo y me dijo: Alan por favor no te vayas! quiero hablar contigo; la miré enfurecido de rabia, celos, dolor; como pudiste Julissa, te dije que no vinieras y encima me dejas mal con todos mis amigos, le dije desconsolado; ella quiso decirme algo, pero en ese momento me volité y me fui, tomé un taxi y me fui a casa, a partir de ese momento ya todo se había terminado entre los dos.

Pan quemado

Julissa estaba mal, se sentía triste y afligida, quería hablar conmigo, al menos eso era lo que sus amigas me decían, pero durante unas cuantas semanas cada vez que entraba en el aula, los bromistas del salón cantaban en voz baja para no hacer mucho aspaviento: *el "meneito, el meneito, ahí ahí ahí*....y luego soltaban las carcajadas y bromas, decían que me habían cambiado por aquel cadete de primer año con el que estaba bailando, pero gracias a Dios, este cadete fue visto con aquella chica de la mano, lo cual era una clara evidencia de que ella no me había cambiado por él; entonces es ahí cuando más decidido estaba en no volver con ella, aunque mi corazón me dijera lo contrario, la extrañaba, quería que nada de esto hubiese pasado; porque tuviste que ir a esa discoteca amor?, te dije que no lo hicieras, no conoces como son los cadetes, son una tira de chismosas todas, voy a hacer el papel de cornudo, nada de esto hubiese pasado si no ibas me decía; o quizás era yo el que nunca debió ir a ese antro, no lo sé, tal vez, solo sé que la extrañaba mucho y que a partir de allí tendría un gran vacío en mi corazón, ya nada me importaría, ni los cursos, ni esmerarme para salir franco, nada.

Mis patrones se graduaban la semana entrante, y nos dejarían completamente solos con el Batallón los últimos dos meses del año, los cadetes de Tercer año se quedarían al mando y no era precisamente una promoción tan amable que digamos, habían unos nombres que de solo escucharlos se te escarapelaba el cuerpo como: Krebs, Stuchi, Pachas, Corveto, Nicolini, Gargurevich, la gente les tenían miedo, y cada vez que los veía, me daba media vuelta, porque yo no era del agrado de todos ellos, cada vez que me miraban me arrestaban por cualquier cosa, ya sea por tener la gorra mal colocada, o falta de porte militar según ellos, no te perdonaban una!, y no había castigo físico ni cambio de sanción, todo era arresto disciplinario era la promoción donde estaban los más arrestadores del Batallón.

Pero yo ya estaba sin mi patrón hacía dos semanas atrás, desde que terminé con Julissa estaba molesto, intolerante, rebelde, no contestaba correctamente a los cadetes de año superior, ni cumplía con las ordenes que me daban, tampoco estudiaba, a la hora de dormir mis compañeros se quedaban en estudio pero yo me iba a dormir, y así me comenzaron a jalar en un par de cursos, entre ellos Física 2 y también a incrementar mi foja de arrestos, seguía acumulando más y más puntos de demérito, sabía que ya no iba a salir franco por lo menos hasta fin de año o hasta cuando haya una salida general. Por esa razón, el día que entré al camarote de mi patrón para cumplir con las cosas que hacíamos los aspirantes, como sacarle brillo a los botones de bronce de su uniforme y dejarlos dorados y relucientes, el Cheti con sus amigos nuevamente me agarraron para que le diga chivito a mi patrón, él se encontraba sentado en su gaveta, me agarraron entre todos samaqueándome por todos lados y poniéndome frente a él para decírselo; yo ya estaba harto de esa situación, él no hacía nada por defenderme, y yo seguía en este trato que me tenía mortificado, Julissa ya no estaría más conmigo, no me importaba nada, además no tengo porque serle tan leal a alguien que no lo ha sido conmigo, como decía

Jaramillo.

_Voy hacerlo cadete, dije. Y mis palabras alborotaron a todos los que estaban presentes, los que estaban echados en sus camas se levantaron, igual los que estaban sentados en su escritorio, con risas de alegría y júbilo, por fin verían al perro rebelde que en todo el año se había negado a cumplir esa orden, prefiriendo aguantar algunos golpes antes de serle desleal a mi patrón. Solo tenía que gritar "chivito" nada más, así que tomé vuelo, respiré, tomé aliento y en ese momento cuando mi patrón se dio cuenta que ya no iba a continuar negándome, me dijo: cuidado con lo que dices perro!!, pero mi decisión ya estaba tomada, no había marcha atrás, y después de todo el aliento que tomé grité a todo pulmón: chiviiiitoooooo!!, y una más por si acaso no me haya escuchado, chiviiiitoooooooo!!.

Ya todo se había consumado, se lo dije al fin, los cadetes gritaban como gallinas alborotadas, abrazándome y felicitándome, luego me llevaron hacia afuera del camarote para que mi patrón no me hiciera nada, le quería gritar una tercera más, pero me llevaron afuera rápido, nunca me había sentido tan desfogado como aquel día; eso fue por todo lo que no hiciste para defenderme decía por dentro.

Esa misma noche mi patrón me fue a buscar a mi

camarote, me ordenó salir en bata y con fusil en mano, me puso a correr por el campo de maniobras, diez vueltas, luego al regreso planchas, ranas y mayonesas que es levantar y bajar el pesado fusil por encima de la cabeza un millón de veces o al menos así me pareció, luego me dejó en la posición de planchas una hora hasta que mis brazos ya no pudieron más y se doblaron, quedando mi cuerpo vencido en el piso, las gotas de sudor habían hecho un charco en el piso, mis compañeros miraban afligidos y resignados, hasta que por fin me dijo: de pie; inmediatamente me puse de pie con las pocas energías que me quedaban, y mirándome a los ojos me dijo: a partir de ahora ya no soy más tu Patrón; y dándose media vuelta, se fue.

Excelente! exclamó Jaramillo, a mí también me votó mi patrón dijo que no sirvo para nada y se ha conseguido otro perro, ahora tendré más tiempo para estudiar; ya olvídate loco, será lo mejor para ti. Jaramillo también estaba mal en cursos y en conducta ya había sobrepasado el límite máximo permitido, a lo cual se le llamaba "volar en puntos" por lo tanto su condición a partir de ese momento era de "Volado", y un cadete Volado no podía salir franco hasta esperar un consejo superior para evaluar su permanencia en la escuela naval.

_ Y hablando de estudiar, ya salió el pan de física? preguntó Jaramillo preocupado. El pan era el examen que iba a ser tomado y que era conseguido por aquellos que usaban sus influencias y malas prácticas para obtenerlo días antes y así poder salvar el curso. Pero muchas veces el pan era conseguido faltando un día y no había tiempo para desarrollarlo, había que decirle a alguien que supiera que lo haga, ya que los cadetes que estábamos jalados como Jaramillo y yo, así nos juntemos entre veinte jamás lo resolveríamos, había que buscar a un capo, a un genio, a uno de esos que con los ojos cerrados lo podían desarrollar, pero no todos ellos se prestarían a hacerlo, nadie se quiere meter en problemas, por eso había que decirles a los compañeros de verdad, aquellos que a pesar de ser de los primeros puestos, no se iban a orinar y podían tomar sus riesgos calculados por sus compañeros como Pol Cáceres, Renzo Cobos, que sin importarles nada te ayudaban a desarrollar el examen y encima te terminaban explicando, claro que no todos entendían como Jaramillo que únicamente se aprendía de memoria el desarrollo de cada pregunta sin entender nada de lo que escribía.

_ No ha salido aún, dicen que Renzo Cobos lo va a desarrollar solapa en su camarote y lo va a entregar desarrollado a las 10 pm, solo hay que esperar, le dije a Jaramillo.

Efectivamente el examen de física salió desarrollado y cada uno se llevó una copia para practicar en sus respectivos camarotes hasta la madrugada, estaba permitido madrugar estudiando, eran solo cuatro preguntas para desarrollar cada una valía cinco puntos, yo necesitaba once de nota para aprobar el curso, pero Jaramillo necesitaba dieciocho.

Al día siguiente ya en el aula el profesor dijo: ya pueden voltear sus exámenes y empezar, no olviden de poner sus respectivos nombres completos en la parte superior.

Estaba un poco nervioso no me podía dar el lujo de equivocarme, todo tendría que salir bien; Dios como he llegado a este punto de tener que necesitar once para aprobar.

Jaramillo de un momento a otro se puso blanco, como si hubiera visto a un demonio, poco a poco se iba poniendo más y más pálido, su rostro me preocupaba, luego cerró los ojos y se agarró la cabeza y se escuchó una voz al fondo que decía: pan quemado.

Al revisar con detenimiento el examen, no era lo que habíamos desarrollado la noche anterior, parece que alguien dio una mala información y a eso se le denominaba "pan quemado". Los latidos de mi corazón empezaron a aumentar de forma abrupta, mis nervios me empezaron a traicionar al punto de que mi cerebro se bloqueó y no podía desarrollar ni una sola pregunta, hasta las fórmulas más sencillas se me habían olvidado; vamos Alan tranquilízate tú puedes me daba valor. Poco a poco mi cerebro empezó a funcionar y si bien no eran las mismas preguntas, algo me acordaría de lo que desarrollé en el examen equivocado, por lo que empecé a llenar todo lo que podía, así estuviese mal, la idea era siempre no dejar en blanco jamás un examen ya que dejas de obtener puntos, algunos profesores te corrigen por lo que al menos has colocado en tu hoja de respuestas.

Al salir del aula todos destemplados encontré a Jaramillo en el pasadizo y le dije: nos jodimos no era el pan, cuanto le metes le pregunté. Yo había desarrollado el examen como para un quince así que estaba un poco tranquilo, pero él me dijo: ya me jodí necesitaba dieciocho y no creo que llegue ni a diez, dijo destemplado.

A la semana siguiente publicaron las notas, había sacado 11.5 y Jaramillo 08.

Fin del año académico

...Volado en puntos

Cinco semanas teníamos ya con los cadetes de tercer año al mando y mis puntos de demérito habían incrementado exponencialmente junto con Jaramillo y otros compañeros más, era aquí cuando recién comprendía cuando nos decían que aprovecháramos que estuviéramos con nuestros patrones porque de una forma u otra eran ellos quienes nos defendían de los demás cadetes del Batallón, a los aspirantes no se les arrestaba supuestamente, el castigo era únicamente físico, pero eso se acabó ni bien se fueron y se graduaron, ahora no había otra oportunidad, ni cambio de sanción, ahora empezarían a arrestar a los perros como si ya fuéramos cadetes, mil veces preferíamos el castigo físico que el arresto disciplinario, pero ya no había nada que hacer, había volado en puntos.

El año académico ya había culminado, había pasado de año, más disciplinariamente estaba desaprobado, por lo que tendría que cumplir después de la "Graduación" un confinamiento adicional permaneciendo arrestado en la escuela sin salir ni siquiera navidad y año nuevo, hasta la primera semana de enero; yo me sentía tranquilo en ese aspecto, más me importaba el haber pasado de año y por fin recibir la tan ansiada "Pita" o primer galón en la capona, ya no seríamos más unos perros de mierda.

La ceremonia sería en dos semanas y yo estaba bastante entusiasmado, aunque mi felicidad no era del todo completa ya que hubo muchos compañeros que no pudieron acabar satisfactoriamente el año académico, Jaramillo era uno de ellos, lo jalaron en Física luego de aquel nefasto pan quemado, luego a ese grupo le dieron otra oportunidad para rendir otro examen llamado "examen de subsanación", pero también lo desaprobó, luego uno más para los que volvieron a jalar llamado "resubsa", pero igual no aprobó, Jaramillo estaba de baja.

Aquel día, antes de irnos a la formación para el ensayo de lo que iba a ser la ceremonia de graduación, pasé por el departamento de disciplina y vi a Jaramillo que estaba con su terno y corbata, se veía raro sin el uniforme, estaba tranquilo, seguía como siempre con su pelo parado, me acerqué a él, se sonrió, me estiró la mano y me dijo: bien mi loco, lo lograste, finalmente te graduarás como todo un cadete de primero, algo que yo no podré hacer nunca; su voz denotaba tristeza, aflicción estaba como derrotado, pero trataba de disimularlo, quería irse con la cabeza en alto hasta el último momento, lo miré, nos abrazamos sabiendo que nunca más nos volveríamos a ver: vas a estar bien?, le pregunté; te lo prometo me dijo, al voltear había una fila que esperaban para despedirse de él se había vuelto un ícono, en la promoción.

Finalmente, Jaramillo se fue, lo esperaba su padre afuera de la puerta Unión, no quiso llorar, tampoco quejarse, sabia lo duro que iba a ser para él la vida castrense, el sistema mismo lo eyectaría en cualquier momento de una forma u otra, ya sea por conducta, médico o por cursos, no se aclimataba al estilo de vida militar, siempre andaba queriendo sacarle la vuelta al sistema. En mi caso

era diferente yo sí quería continuar, a pesar de las tantas veces que mi voluntad pareciera haberse quebrantado, al haberme encontrado muchas veces bajo ciertas situaciones reprochables casi indignas, y lidiado con algunos personajes descriteriados, renegados e inmaduros, no obstante también las consecuencias de mis propios errores, como cuando no me aprendía correctamente el nombre de un cadete de año superior, como cuando no me presentaba las veces que me dieron la orden de hacerlo, como cuando siendo perro fui a la cafetería con la bomba Jaramillo y me gané una punta, como cuando me dormí en clases pensando en Julissa, como cuando me comí todos los caramelos en el cine y no tuve para darle a uno de mis patrones, cuando desobedecí la orden de Panizo de dejarme ganar en el campeonato de lucha libre, o como cuando correteé al chancho Navarro y terminé pagando caro, o como cuando decidí gritarle chivito a mi patrón; pero en todas ellas asumí con hombría y sin lamento las consecuencias.

Graduación

Ya todos se han dormido, y yo no puedo hacerlo, en mi mente pasaban imágenes de todas las cosas que pasamos con mis compañeros desde el primer día en la rutina, esa primera noche que dormimos en estas mismas camas, no podía conciliar el sueño como ahora, esa noche en la que Medina orinó en la ducha de puro miedo para no ir al baño, hoy su cama estaba vacía, me preguntaba qué sería de él, o del loco Moreyra y todos los que no pudieron llegar hasta este momento, mañana por la mañana seré por fin un cadete, un señor cadete de primero, nunca más ser llamado aspirante o perro, mis padres vendrán a la ceremonia y estarán tan orgullosos de mí, hubiera querido que esté Julissa disfrutando de este logro del cual ella también es parte, pero no, no vendrá a verme, tengo que ser fuerte y aceptarlo más aún ahora que vendría el peor de todos los castigos por haber sobre pasado el límite máximo anual de demérito por todos los arrestos acumulados, el de quedarme sin vacaciones a fin de año, debiendo quedarme confinado navidad y año nuevo hasta cumplir el castigo, su foto aun pegada en la puerta de mi ropero algunas veces me reconfortaba.

_ *"Preventivo de formación para todos los cadetes en la explanada adyacente a la cripta"*!!, *preventivo de formación para todos los cadetes en la explanada adyacente a la cripta*!!, sonaba por el anunciador la voz desagradable, nunca nada armoniosa, del cadete

de guardia de órdenes, cada uno siempre en su estilo particular; pero esta vez anunciaba, lo que sería la última formación del año, la próxima formación que hubiese, ya sería con su correspondiente grado ascendido, es decir el perro sería cadete de primer año, el de primer año sería segundo año y los de tercero al fin serían cadetes dioses de cuarto año.

Pero a ésta última formación todos íbamos con "*la pita o el galón*" semi puesto en la capona, para colocárnosla exactamente al término de la ceremonia, porque hasta que no se dijeran las palabras exactas de: "...declaro terminado y clausurado el año académico", a cargo del presidente de la República en su discurso, aún seguiríamos manteniendo el grado actual, por ende, los aspirantes seguirían siendo perros, dentro de filas de la formación de ésta última gran ceremonia.

Había asistido hasta entonces a decenas de desfiles militares y ceremonias, pero ésta, era la más importante, era la "Graduación de mis Patrones", los dioses de cuarto año, y a la vez, la de mi promoción, que pasaría el día de hoy, a por fin, poder relucir con orgullo y dignidad, nuestro primer galón o primera pita, y dejar para siempre aquel traje de aspirante o perro naval. Ahora sería un "Señor Cadete de Primer año", no más gritos del *¡comprendido cadete!,* no más *levantar la cara ¡paralela al cielo!,* no más *planchas, no más ranas, no más tendidas de camas, sacada de brillos, tablazos, callampas, no más transitar al paso ligero y poder caminar normal como los* *cadetes*, ya todo eso se había terminado. Así era como me lo decían todo el año mis patrones y algunos cadetes y compañeros cuando en algún momento sentía que mi moral se resquebrajaba. Aquella ceremonia quedaría eternamente grabada en nuestros corazones y nuestras memorias, por haberla soñado tanto, deseado tanto, y que hoy finalmente la estábamos acariciando.

Aún no parecía ser real, y los cadetes se encargarían de eso en filas, y harían hacernos sentir hasta el último segundo de la ceremonia que aún éramos perros.

La ceremonia empezó con la llegada de nuestros invitados, los cuales fueron colocados en la tribuna especial de invitados, luego llegaron distintas autoridades, civiles y militares, entre ellos el ministro de Defensa el General del ejército, Víctor Malca y finalmente el último en llegar el presidente de la República Alberto Fujimori Fujimori, quien fue recibido con todos los honores de acuerdo al protocolo presidencial, del toque de la Banda y los veintiún cañonazos disparados al aire.

La primera parte consistió en entregarles sus respectivas espadas y condecoraciones a nuestros patrones quienes ya se habían ido dos meses antes, pero que igual debían regularizar dicho acto de manera oficial y protocolar en esta ceremonia. Y entonces vi con mucho orgullo y satisfacción que mi Cadete Comandante, aquel que dirigió mi adoctrinamiento, el cadete de cuarto año Vílchez Concha ya ahora Alférez de Fragata, era premiado con una espada especial de "Aptitud Militar," entregado por el Jefe de Estado Mayor General de la Marina, por sus elevadas capacidades y dotes no solamente físicas, sino también sensoriales, mentales, intelectuales y militares, que lo hizo destacar rápidamente de forma notable entre sus compañeros de promoción y ser un gran líder para nuestro Batallón, durante su gestión como Cadete Comandante, un gran ejemplo a seguir por las generaciones jóvenes venideras, que veíamos en él, al prototipo de Oficial, que la Marina de Guerra debería siempre de tener.

Luego vi cómo le daban la "ESPADA DE HONOR", por parte nada menos que del mismo Presidente de la República al cadete hoy Alférez de Fragata Arturo Barandiarán, por tener el mayor puntaje académico acumulado durante los cinco años en la escuela, el único que era capaz de asistir a clases sin cuadernos y terminar corrigiendo y enseñando a los profesores, un verdadero genio de la naturaleza; vi también que después de entregarse estos premios y condecoraciones, se entregaron las Espadas a cada uno de mis patrones, y vi a mis adoctrinadores primero recibirlas por parte del Director de la Escuela Naval, L. Giampietri; y vi también al Crudo!, al Mostreco!, al Cheti, a Peto, a la bestia, los vi a todos ellos, los vi desfilando por la cripta de manera marcial y recibir su espada de Oficial, su merecida espada, después de haber culminado los cinco años de formación en el Alma Mater.

De pronto un fuerte sentimiento de nostalgia y melancolía invadió en mí, por todas las cosas que habíamos pasado juntos, aquellos baños de mar, los caramelos, los cigarros, las callampas, los tablazos, el día cien, las bromas pesadas; solo sentía que quería desearles suerte en su nuevo camino como oficiales en la armada y decirles a todos ellos gracias, gracias por haber sido mis patrones, gracias por haber sido parte de mi formación moral, por todos los recuerdos bonitos, tristes, quizás amargos también en algunas ocasiones, pero que hoy, entiendo que su único propósito fue, la de ser parte de mi crecimiento moral, mi carácter, mi temple, mi resistencia y dureza que ante la adversidad y hostilidad, un militar debe saber manifestar, aflorando lo mejor de uno, y así convertirnos en un verdadero marino de guerra.

Aquella gran ceremonia nunca se olvidará y quedará perenne en el tiempo, para todos aquellos que hemos tenido el honor y el privilegio de haber pasado y culminado entera y satisfactoriamente, un año de Aspirante, en la "Escuela naval del Perú".

Ya la ceremonia estaba por terminar, estaban en pleno discurso presidencial, en cualquier momento se daría por terminado el año académico, así que los cadetes conocedores de este gran momento significativo para los aspirantes, empezarían todos casi al mismo tiempo, a gritarnos en filas, diciéndonos: levanten más la cara perros de mierda!, cara paralela al cielo!, otros nos indicaban que mantuviéramos el fusil en el aire, sin apoyarlo al piso; saque pecho!, levante la cara!; a lo que todos los aspirantes, respondíamos comprendido cadete!, comprendido cadete!; más fuerte! pedía uno; no lo escucho decía el otro, perro de mierda grite el comprendido, decía el de atrás; casi como sabiendo que ya quedaban pocos segundos, hasta que por fin!, por fin! se escuchó esa frase tan esperada después de un largo e interminable discurso presidencial:

..."declaro clausurado el año académico de la escuela naval del Perú"...y entre aplausos de los invitados y el toque de la banda de músicos, se daba por fin terminada la ceremonia más importante de mi vida, al mismo tiempo que, se escuchaba en filas decir a los cadetes al mando de sus respectivas secciones: "*todos los cadetes de primer año, pueden bajar la cara y mantener la postura normal, felicitaciones señores cadetes de primer año, lo han conseguido*"... a lo que mi compañero ex perro Diego Gago gritó con todas sus fuerzas: comprendidooo cadeteeee!!; respondiéndole entonces el jefe de sección de la formación:

_no me grite cadete Gago, que desde aquí lo escucho perfectamente; y entonces una lágrima y otra más cayeron sobre mis mejías, y un sollozo a solas y en silencio se escucharía en cada lugar de la formación donde estaba un Aspirante a cadete naval, pero esta vez era de felicidad, llanto dedicado a todos mis compañeros y amigos que por alguna razón no pudieron llegar hasta este gran momento.

El señor Presidente de la República, Ingeniero Alberto FUJIMORI Fujimori, ratifica su felicitación a los nuevos Oficiales de la Institución y los positivos conceptos de la labor realizada por la Marina de Guerra con su presencia en las actividades en bien del desarrollo y la defensa nacional, durante el brindis de honor en el Casino de Cadetes.

Satisfacción y nostalgia son los principales sentimientos que reflejan estas fotografías de los "promos" además de la decisión de emprender una exitosa carrera naval.

Foto original del presidente de la República A. Fujimori, entregando la espada de aptitud militar al cadete comandante.

La fiesta del cadete.

Final

Después de la ceremonia de graduación, los cadetes se fueron a sus casas a celebrar con sus familiares, excepto los que estábamos "volados", nuestro confinamiento empezaría desde ese mismo día; pero nada de eso importaba, lo primordial ahora era que ya no éramos perros, sino unos señores "cadetes de primer año", y eso me llenaba de orgullo y motivación, las veces que me miraba al espejo, las cuales eran cada cinco minutos, observaba una y otra vez, la pita que ya llevaba insertada en el hombro derecho del uniforme blanco de cuartel.

Esa noche, se celebraría en la escuela naval, uno de los eventos tradicionales más bonitos de todo el año: "la fiesta del cadete"; los cadetes regresarían por la noche con sus respectivas acompañantes, amigas o novias, todos vestidos de gala. El comedor y parte de la explanada adyacente a la poza estaría decorado con toldos, las sillas vestidas, las mesas igualmente decoradas, con flores, y menajería de primera, como si fuese un matrimonio de lujo. Igualmente, el ingreso a la escuela estaría completamente iluminado con focos, que bordeaban inclusive todo el Palo Unión, adornos navales como anclas, cadenas, proyectiles, sogas y espías en el camino, hasta llegar a una gran rueda de cabillas, donde cada una de las parejas se tomaría la foto del recuerdo.

Los cadetes también podían asistir con una acompañante más, para aquellos que por alguna razón no habían podido salir, en otras palabras, para los "volados"; pero a mí no me traerían ninguna pareja, estaría un rato en cada una de las mesas de mis compañeros y me subiría una botella de whisky al camarote para tomarla con algunos cadetes volados, como el cadete de segundo año Morán a ver si de una vez por todas sería mi amigo.

La fiesta comenzó, casi todas las mesas estaban llenas de piqueos finamente decorados, y buenos tragos, hasta los mozos estaban vestidos de etiqueta, todas las chicas que habían ido estaban muy bonitas una más que la otra; y como estaba solo y sin pareja, me pusieron de comisión de "Recepción", para recibir en la puerta de ingreso a todas las parejas que iban llegando, entregarles un imperdible como pequeño presente y acompañarlos a sus respectivas mesas.

Mi compañero de promoción Cristian Rodríguez un súper atleta, había ido con una chica muy simpática y al momento de entrar por la puerta me levantó la mano y me llamó de manera misteriosa, por lo que me acerqué pensando que necesitaría algo; al llegar me dijo: hola ninja, sabes quién es ella no? mirando a su pareja; yo no podía reconocerla por el maquillaje que tenía en el rostro, hasta que ella misma me lo dijo: hola Alan soy Carla, la amiga de colegio de Julissa; entonces la pude reconocer mejor, era la china Carla!, con la que mi July se había ido a la discoteca de la feria aquella fatídica vez, se veía irreconocible porque solo la había visto en jeans y ahora estaba con vestido elegante y muy sensual, no entendía que demonios hacía ella aquí, supuse inmediatamente entonces que, también habría caído profundamente enamorada en

los brazos del galán de mi compañero.

_ Julissa quiere verte, dijo sin tapujos la china Carla;

_ sí yo también, le contesté; algún día hablaremos, pero pasen los acompañaré a sus respectivas ubicaciones, estoy de comisión de recepción.

_está en el auto; sentenció rápido la china. Sus palabras no podía aún digerirlas, no tenían ningún tipo de gracia para mí, porqué me haría esa broma pesada, no tenía sentido, o no sería broma y estaría diciendo la verdad, sería acaso cierto lo que me decía?, Julissa estaría en el auto?; que estás hablando le dije con respiración agitada, acaso ha venido a la fiesta? pregunté nervioso.

_ sí, si ha venido y está en el auto, volvió a decir la china.

_ y con que cadete ha venido? con ese que bailó ese día en la discoteca? pregunté sarcástico y mordaz, ahora ya casi convencido que la china no estaba bromeando.

_ Alan no seas imbécil, ella ha venido conmigo porque sabíamos a través de tu amiguito aquí presente, quien fue de la idea, que tú estabas confinado y estarías sin pareja, y que ésta sorpresa, les haría muy bien a los dos de una vez por todas, quieres verla si o no?, ella está en el auto y no bajará si tu no vas, dictaminó la china; Cristian me miró, me agarró del brazo y me llevó a un lado y me dijo: *"tienes que hacer lo que los ninjas hacen, no me defraudes"*, él siempre les decía *"ninja"* a los amigos que para él tenían dotes sobrenaturales para algún deporte, y después que le gané al cadete Panizo en lucha libre empezó a llamarme así.

Ahora sí que estaba nervioso, no sabía cómo iba a reaccionar después de verla, hacía como tres meses que no la veía, me acerqué entonces, el auto contratado era elegante, de color blanco, con lunas polarizadas, había un chofer vestido en terno, y había alguien en la parte de atrás, seguí avanzando despacio y justo antes de llegar, Julissa salió del auto. Estaba con un vestido chiquito, blanco, muy sensual, un poco atrevido, pero mucho mejor que el de todas las invitadas, sus zapatos blancos de bordes dorados y tacos altos la habían situado casi de mi mismo tamaño, su peinado era sobrio, sin esos amarres y dobleces que la mayoría de las chicas se habían hecho, su maquillaje hacían relucir el brillo de sus hermosos ojos negros, nunca la había visto así, se bajaba avergonzada inútilmente el vestido alto para no dejar ver sus hermosas piernas blancas pero era inútil; es un monumento de mujer pensé, en qué momento pasó esto.

_ hola señor cadete, lo felicito, lo logró, me dijo con una risita traviesa y al mismo tiempo que miraba con asombro mis nuevos galones; aquella sonrisa por la que me derretía antes, estaba hoy ya sin braquets y dejaba ver sus dientes perfectamente alineados y por los cuales una vez más me quedé completamente embelesado, como en la primera vez que me la presentaron.

_ por allí me dijeron que necesitaba pareja para su fiesta, es verdad? siguió coqueteando.

_ pues ya no, ya la encontré, y es la más hermosa de todas le contesté mirándola tiernamente a los ojos, aún asombrado por lo que estaba pasando, no parecía ser real;

_ July mira lamento que aquella vez ...

_ Shhhh cállate dijo en voz suave, no hablemos de eso, me interrumpió, poniendo su cuerpo junto al mío y tapando mi boca con su mano impregnada de aquel perfume que alguna vez me hizo soñar y perder una carta en mil protones por el profesor de química; eso ya pasó, es cosa del pasado, ahora entremos para celebrar ese primer galón, o me quieres dejar aquí parada? dijo Julissa.

Al instante la tomé de la mano y fuimos los cuatro hasta la mesa donde estaban mis otros compañeros. La fiesta comenzó después de la cena, los mozos inundaban cada mesa con las mejores botellas de whisky, ron, gaseosas, hielo, y jarras y más jarras de cerveza, pero ella y yo no nos despegábamos un solo instante, bailábamos riéndonos, tomados de la mano, hacíamos piruetas divertidas, nos enviábamos besitos volados, y cuando cambiaban de música y colocaban una lenta, se apagaban las luces y entonces la tomaba de los brazos y le daba mis mejores besos, aquellos que hacía meses no nos habíamos dado y que en esa noche recuperaríamos el tiempo perdido.

_quiero conocer tu camarote, dijo Julissa. en serio? le dije asombrado.

_sí, quiero saber cómo es, se puede? siguió.

Obviamente que no estaba permitido, pero no quería defraudarla, y no había cadetes ya en nuestros camarotes, todos estaban desocupados y vacíos en vista a que ya el Batallón había salido de vacaciones, solo tenía que saltear al cadete de guardia de cubierta.

La llevé por los pasadizos como quien iba a los servicios higiénicos, luego seguimos hasta el fondo donde había unas escaleras que nos llevaría a los camarotes deshabitados, subimos hasta la tercera cubierta porque ese cadete era Salas uno de mis compañeros que estaba "volado" y estaba de guardia en esa cubierta, por lo tanto, no diría nada.

Cuando llegamos a la tercera cubierta casi en puntitas la metí al primer camarote que había allí, estaba oscuro, solo se veía por el destello de la luna que se podía observar a través de las ventanas del camarote, cerré con cuidado la puerta echándole llave.

_por fin solos le dije, y empezamos a besarnos esta vez un poco más desenfrenados, afiebrados, como nunca lo habíamos hecho antes; cuál es tu cama me dijo; ésta le dije, señalándole cualquiera que estaba allí, ya que mi verdadera cama estaba en otra cubierta, la cual iba a ser imposible ir por el cadete que cuidaba allí;

_ o sea que aquí duermes? preguntó, recostándose; así es, aquí es donde tantas veces he pensado en ti, le dije; me acerqué y la comencé a besar; mentiroso me detuvo, tu no me quieres; me dijo como engriéndose; claro que no te quiero, le dije sonriendo, yo te amo tontita, te amo con todas mis fuerzas, le dije sin dejar de mirarla a los ojos; al escuchar eso me miró con su carita tierna y me dijo: yo también te amo, te amo demasiado Alan, no quisiera que nos volviéramos a separar nunca, prométemelo; te lo prometo mi amor le dije; y en ese momento la besé nuevamente, la recosté, la despojé de sus zapatos y poco a poco de otras prendas más, y antes de seguir me miró a los ojos con ternura y me dijo: *ya estoy lista*.

No describiré más lo que pasó en esa habitación, solo puedo decir que aquel momento, fue el mejor momento de toda mi vida, un momento maravilloso totalmente inimaginado, impensado hasta hace unas pocas horas atrás; pasar de ser un pobre cadete confinado sin pareja en la gran fiesta anual del cadete, a estar ahora con el amor de mi vida.

Después de la fiesta del cadete, no había un día en que Julissa no me enviara cosas a la escuela, desde chocolates, dulces, hasta sus hermosas cartas perfumadas, que las leía una y otra vez sin temor a que un profesor me las arranche, ésta vez no sería así, creo que si no hubiera sido por ella el confinamiento hubiese sido un martirio para mí, cada vez que me llamaban a la prevención era porque había una paquete para mí, a veces también cuando mi madre me enviaba su encomienda y me escribía para darme aliento, había dentro una carta de ella, que se la dejaba para mí.

Cuando por fin pude salir a la calle me sentía raro, miraba

las casas, los autos, y todo me parecía bonito, hasta los microbuseros que pasaban haciendo bulla me parecía agradable, mi familia y Julissa me recibieron cual soldado que llega a casa después de dos años en la guerra, ya no quería salir a la calle, solo quería disfrutar de ellos cada minuto que pasaba, como si la vida se fuese a terminar, los había extrañado tanto que, a partir de entonces dosificaría mejor mi tiempo para dedicárselo a cada uno de ellos, como se lo merecían, no volvería a perder nunca más a Julissa cumpliéndole lo que le prometí.

Entendí lo importante que es el aliento de una persona, que a veces, basta con una pequeña frase para recobrar las fuerzas, las ganas de seguir adelante; este mérito se lo debo sin duda alguna a todos ellos, a mis padres, mis hermanos, Julissa, mis adoctrinadores, mis patrones y a todos los cadetes de quienes tomo lo bueno y desecho lo malo, perdonando los errores que hayan podido cometer algunos de ellos, producto de su adultez temprana y la alta responsabilidad entregada para ejercer el poder y el mando, al Crudo, al Mostreco, al Cheti, por haberme hecho fuerte, a mis compañeros del camarote de lujo F-254, Mario, Mauricio, Wilfredo, lalo Tejada, pero sobre todo a la promoción 95 por haber sido testigos de cada una de la cosas que pudimos pasar y alcanzar juntos, como un grupo humano unido en ese momento, aunque no todos después de ser cadetes de primer año hayan podido alcanzar obtener la Espada de Oficial, como mi compañero Grau descendiente del linaje de oro pero que le dieron de baja por cursos y solo llegó hasta segundo año, nunca más se tendría a un cadete naval con el mismo apellido; y así como él otros tantos más que se quedaron

275

en el camino, como Jaramillo, Medina, Moreyra, pero que al menos lo intentaron, que es lo más importante y valioso.

Todos caminamos por senderos únicos, y aunque las huellas de otros nos sirvan de guía, solo nosotros podemos recorrer el propio. En ocasiones, ese camino se presenta interminable, con sombras que amenazan con apagar nuestra voluntad, con caídas que nos hacen pensar en abandonar, y con sueños que parecen inalcanzables. Pero lo que no comprendemos, es que la luz que tanto buscamos no nos espera al final, sino que siempre ha estado allí, en cada paso que damos. Esa luz no es el destino, es el mismo trayecto, y esa luz eres tú.

Dentro de ti brilla una fuerza que ilumina incluso en la más absoluta oscuridad. Esa fuerza es la que te empuja a seguir cuando todo parece perdido, la que te recuerda que el verdadero logro no está en la meta final, sino en cada obstáculo que has superado, en cada tropiezo que has levantado. Si no alcanzas tu objetivo, no es fracaso. El fracaso está en no haberlo intentado. Tú, que caminaste a pesar de las tormentas, eres más grande que aquellos que nunca se atrevieron a dar el primer paso.

Enorgullécete de tu coraje, atesora cada instante del camino recorrido, y sé feliz con la paz que trae el saber que el mayor triunfo no está en llegar, sino en haberlo intentado con todo tu ser.

-fin-

Índice

Made in the USA
Columbia, SC
15 October 2024

43131483R00169